U0628666

小商品市场发源地
国际商贸城新坐标

廿三里老街

李 英 主编

中国书籍出版社
China Book Press

图书在版编目（CIP）数据

廿三里老街 / 李英主编. -- 北京 : 中国书籍出版社, 2021.9

ISBN 978-7-5068-8650-5

Ⅰ.①廿… Ⅱ.①李… Ⅲ.①散文集—中国—当代 Ⅳ.①I267

中国版本图书馆CIP数据核字(2021)第181552号

廿三里老街

李英 主编

责任编辑	李国永
责任印制	孙马飞 马 芝
出版发行	中国书籍出版社
地 址	北京市丰台区三路居路97号（邮编：100073）
电 话	（010）52257143（总编室） （010）52257140（发行部）
电子邮箱	ec@chinabp.com.cn
经 销	全国新华书店
印 刷	成都中嘉包装印刷有限公司
开 本	787毫米×1092毫米 1/16
字 数	285千字
印 张	17
版 次	2021年11月第1版
印 次	2021年11月第1次印刷
书 号	ISBN 978-7-5068-8650-5
定 价	88.00元

版权所有 翻印必究

《廿三里老街》编纂委员会

主　　任：陈俊生

副 主 任：杨钟坚

编　　委：吴学民　罗文骞　何飞鸣　方晓峰　王君婷

　　　　　陈　凯　朱　当　张亮亮　楼宏辉　赵向阳

　　　　　陈春晟　周恒愉　骆仁斌　罗白翎

顾　　问：骆建华　徐进科

主　　编：李　英

副 主 编：潘爱娟　许　静

栏目编辑：综　　述　　　　　　何恃坚

　　　　　老街商踪　市场发祥　黄　选

　　　　　古建有魂　大美无声　潘爱娟

　　　　　刚正勇为　星光熠熠　金　灿

　　　　　故乡情怀　乡韵绵长　许　静

　　　　　风物闲美　民俗淳朴　潘爱娟

　　　　　美食特产　独特风味　朱履生

　　　　　老街变迁　怀旧时光　王锦豪

　　　　　老街故事　民间传说　蒋英富

　　　　　图片编辑　　　　　　金福根

廿三里镇新拨浪鼓广场
摄影/刘志斌

守住乡村传统文化（序）

骆建华

　　传统文化是一条来自祖先而又流向未来之河，极大地影响着一个地区的发展，特别是优秀的历史传统文化，既是一个区域的精神积淀，更是一个区域发展和崛起的根本。中央《乡村振兴战略规划》明确提出，要把传承和弘扬乡村优秀传统文化作为乡村振兴的重大任务来抓。

　　乡村是我们的精神原乡。优秀的乡土文化不仅是优秀文化的起源，也是培植民族品质的沃土，还是广大民众情感皈依的故园。尤其对在外游子而言，无论社会如何变迁、乡村如何嬗变，也不管人们何时离乡、离家多远，故乡永远是挥之不去的牵挂，而乡土文化便是故乡在记忆中打下的深深烙印。对乡村文化的尊重与延续，既是对传统文化历史源头的守护和对文化基因的传承，也是对文化资源的开发利用和对文化"软实力"的锻铸和塑造。

　　义乌廿三里因其特殊的地理位置而得名，是我国小商品城的发祥地，又素有"拨浪鼓之乡"的美称，拥有大量的物质和非物质乡土文化遗存。特别是廿三里老街，作为该区域四邻八乡老百姓的集市街区，具有上千年历史。据史料载，北宋以来廿三里就是各方商贾云集、南北商贸之地。到明清时期，廿三里更成为扬名四方的商贸重镇，老街上店铺林立，南货、北货、食品、医药、丝线、印染等不一而足。民国年间在廿三里老镇街的诸多店铺商号中还涌现出了一位商界奇才金重辉。他所走的"重商重农而发家、勤俭节约以治事、乐善好施以济民、诗书礼仪以教子的经商治家"之道，成为义乌工商业创业发迹者的榜样。他所创立的廿三里"二十四间头"和"金永和"商号，至今成为廿三里人追寻义乌精神的寄托和象征。随着小商贩及敲糖帮大量涌现，"廿三里敲糖帮"便成了义乌万人敲糖帮的先行者和引领者。

　　可以说，正是有这种文化基因的存在，才有了20世纪70年代末到80年代初廿三里小商品市场的风生水起、热潮涌动，从而也对全国市场经济的快速发展作出贡献。

　　但由于多种原因，长期以来廿三里老镇街的许多优秀传统文化遗产远未得到发掘和利用。而随着岁月的变迁和廿三里老镇街改造的充分展开以及上一辈老人的逝去，老百姓当中一些口口相传的历史故事和经历也将很快遗失。

因此，为抢救廿三里老镇街优秀文化遗产，廿三里街道党委、廿三里村联合有关部门组织专家对廿三里老镇街历史文化进行了一次全面的收集整理。如对老镇街的起源及变迁进行了认真整理，使千年古镇的历史脉络更为清晰；对留存于老镇街的民间传说故事进行了认真采写，使其更为完善完整；对廿三里敲糖帮和小商品市场发源的历史故事进行了认真整理，使"廿三里是义乌敲糖帮和义乌小商品市场发源地"的认识更为自信；对分布于老镇街的各类古建作了更为全面记录和准确描述，使其重现当年风采；同时对老街上的历史人物和风物民俗等进行了深入发掘，形成了一批高质量的文化成果。

我们要把这些成果很好地运用于廿三里的改革发展中去。我们要把它融入于社会主义核心价值观教育中，以富有区域特色的优秀传统文化来全面提升国民素质，以达到"以文化人""以文育人"的目的；我们要把它全面融入到当地经济的发展中去，形成具有区域特色的文化品牌，全面增强区域经济的竞争能力；我们要把它作为黏合剂，更有效地凝聚起廿三里人民的奋斗精神和作为增强自信心的有力武器，从而为廿三里的再次腾飞积聚力量；我们要把它作为城镇建设的重要内容，认真搞好规划对接和相关设计，为廿三里美丽城镇建设增添亮丽一笔。我们尤其要把廿三里人民长期以来形成的"勇于探索、敢为人先"的人文精神融入于现代化建设的实践中去，为廿三里始终走在时代前列作出应有贡献！

一个地区的优秀传统文化是其不可复制的金名片。我相信，在各级党政的重视特别是廿三里各方的共同努力之下，通过对廿三里老街优秀传统文化的保护、开发、整理和利用，廿三里老街必将焕发出更加迷人的光彩！

（作者系原中共浙江省委农业和农村工作办公室副厅级巡视员、省政府农村发展研究中心副理事长，义乌市廿三里街道乡贤会名誉会长）

目 录

刚正勇为　星光熠熠

老街故事　民间传说

敲糖换鸡毛1977年
摄影/金福根

拨浪鼓之乡　廿三里之魂

——廿三里老街的前世今生

廿三里，看似一个简单的距离数字，其实是一个让人遐想而充满诗意的地方，是义乌小商品市场的发祥地，素有"拨浪鼓之乡"的美誉。

廿三里村，位于浙江省义乌市东部，现为廿三里街道驻地，是廿三里街道政治、经济、文化中心。据嘉庆《大清一统志》记载："其西至县郭，南至（东阳）画溪，北至酥溪皆二十三里，故名。"

一

廿三里村是一个拥有千年文明的历史古村。

古时,廿三里一带原是一片荒野,北面群山叠翠,境内溪流纵横交错。前溪、后溪二条溪流犹如蛟龙环抱着整个村落,南端流经上街头石拱桥,北侧流经金桥头,最终共同汇聚长江底的义乌江。由于溪水蜿蜒,犹如盘龙,故而称之为盘溪。

地理环境得天独厚,人居生活历史久远。廿三里村临溪而建,溪塍边多栽种灌木和乔木,原无村名,因距义乌县城、苏溪,东阳县城、上卢均为 23 里而名。虽然文字记载无从查考,但从地名及挖掘出的遗物中可以加以佐证,绝非空穴来风。

廿三里村地处典型的丘陵小平原,乃天之所赐风水宝地。村舍、田地得溪水之利,一派田园风光,方圆五里之内,有东李塘、莲塘、钱塘、深塘、草湖塘、八足塘、花皮塘、五口塘、麻车塘、双塘,更有一些不知名的池塘散落其间,从地名村名中可见一斑。

盘溪边有一条杭州到温州的官道,是东阳、永康、丽水、杭州、绍兴、

盘溪
摄影/金福根

诸暨等一带客商的"中转站"，行人络绎不绝，于是，就有人开始在官道边设摊做起了买卖……久而久之，盘溪边就成了休息、饮食、住宿的理想之地，渐渐集聚形成村落。南宋时，华溪人虞复曾经撰写过《朱丈人认修盘溪桥记》，一时之间，盘溪名声大噪。

据明万历元年（1573）《义乌县志》与《重修宗忠简公祠记》石碑中记载："公（宗泽）生于石坂塘，迁居廿三里。"其父宗舜卿与早先侨居廿三里的处州商人陈允昌结为"义兄弟"。由此可见，早在千年前的北宋，这里就是一个人员繁杂的移民村。

查阅《义乌县志》及有关宗谱记载：最早定居廿三里上街的住户大多姓朱，中街姓谢，下街施姓为主。明清时，缙云、永康、东阳、兰溪、江山等诸县的百姓因商业聚落等原因在镇上落户谋生，加上邻乡近村人的加入，廿三里镇成为名副其实的百家姓集聚地。如今，朱、谢、施、黄、金、陈、王、吴、楼、何、张、骆、杨、刘、方、丁、叶、虞、赵、周、李、胡、冯、俞、徐、葛、孙、马、洪、邵、杜、卢、毛、许、陆、吕、毕、伍、詹、邓、邢等多姓氏构成了一个大村庄，其中本地户籍 1572 户，人口 3233 人，外来人口约 3 万人，大家和睦相处，和谐共生。

廿三里老街楼
姓界碑
摄影/金福根

清代至今，廿三里村行政组织也历经变迁。清代，廿三里属缙云乡。民国三十五年（1946），属廿三里乡。1949 年 6 月，中国人民解放军解放义东，成立廿三里乡廿三里农会。1951 年，成立廿三里乡廿三里村政委员会。1952 年，成立互助组。1954 年，改为群峰初级生产合作社。1956 年，成立五联高级生产合作社。1958 年，成立廿三里人民公社廿三里大队。1962 年，成立廿三里公社廿三里生产大队。1968 年，成立廿三里公社革委会生产大队革命领导小组。1978 年，成立廿三里公社廿三里生产大队。1983 年，成立廿三里乡廿三里村民委员会。1986 年，成立廿三里镇廿三里村民委员会。2000 年，成立廿三里镇廿三里居委会。2003 年，成立廿三里街道廿三里居委会。2018 年，成立廿三里街道廿三里社区。廿三里村的行政组织和区域名称、管辖范围多次变更，但街道驻地一直没有更改。

现廿三里村由廿三里、前店、前宅、后畈、草湖塘等 5 个自然村组成，分 21 个村民小组，有山地面积 121.3 亩，耕地面积 550 余亩。村民紧紧围绕"以商促工，贸工联动"的发展战略，利用世界"小商品之都"的优势，开展投资兴业、商品贸易，取得了良好的收益，居民生活越过越红火。集体经济收入以夜市、东海明珠等项目租金为主，积累资金越来越雄厚。

廿三里镇街景
鸟瞰1999年
摄影/金福根

摄影/金福根

二

　　廿三里村人文渊薮、文风鼎盛，有着厚重的历史底蕴。据《清史稿》记载："镇四：龙祈、苏溪、佛堂、廿三里。"廿三里名列其中，至今还有一块珍藏村民家中的清光绪"廿三里镇"碑，落款"光绪壬寅年冬建造"，碑石完整，文字清晰，可见古村在义乌地域文化中的地位。

　　千载文脉，薪火绵延。自唐朝以来，学风日渐鼎盛，蒙馆、私塾、私立学堂先后昌兴，科第承家。1913年，在廿三里水月庵创办了义东最早的公立学校——义乌县立第二高等小学校（今廿三里初中和一小的前身），比义乌县立初级中学早14年。还有1948年创办的义乌县私立江南初级中学（廿三里中学前身），四次易址、六次更名，现为义乌市第六中学，创造了义乌教育史上的一个个辉煌。1980年秋季，在原活猪场的所在地开办了廿三里第一家幼儿园。中学、小学、幼教云集于此，诠释着当地尊师重教的儒雅之风。

金重辉民居
摄影/潘爱娟

一方水土养一方人，学林的弦歌，教育的沃土，孕育了勤耕好学、奋发进取的廿三里人。翻阅《义乌西门盘溪朱氏宗谱》《洞门黄氏宗谱》《盘溪施氏宗谱》《义乌骆氏宗谱》等宗谱，发现古往今来，人才辈出，显著者不计其数，村民引以为自豪者众多。

据传，北宋抗金名将宗泽，年少时曾跟随父亲来到廿三里生活，深得处州商人陈允昌喜爱。从军后英勇善战，屡屡击退入侵的金兵，培养了爱国名将岳飞，成为南宋朝廷的股肱之臣。后88岁高龄陈允昌过世，宗泽专门写了一篇感人至深的墓志铭，感激他的大恩大德。

明代清官谢恺就任四川叙州府推官时，操履清洁，治狱明允，颇得百姓爱戴，去世后，时任浙江提学佥事的陈辅专门撰文至金华府，称谢恺为推官时一廉如水，其介如石，文章足以经世，政事足以及物，士蒙其教，民被其泽，一旦遽逝，百姓垂泣，至今有家祀以报恩者。谢恺之子良金，事母至孝，在母亲去世后结庐于墓旁守孝，后又奉养继母刘氏如亲母，为乡邻所称颂。清代时，后人谢天祺以医闻名，常随身携带药品，遇穷苦患者便施送药物，救活数百人，得两任义乌县令题写"恒心活人"和"仁寿"之匾作为表彰。

义乌商界巨子金重辉，辛亥革命成功后，孙中山号召实业救国，提倡重农重商，他以卖肉和腌制火腿起家后，办起了染坊、酒坊、酱坊、黄包车行等，工场主要在廿三里老街中街两侧，据说最盛时达百余间房屋。同时，他还兴教重教，先后在南京、重庆、杭州、义乌等地办过4所商科学校。

教授金祖懋曾在浙江省公立政法专门学校、上海大学、上海法政大学及中华艺术学校等多所学校教学，桃李满天下。后来，在南京国民政府外交部工作，曾任驻朝鲜京城总领事馆领事、新义州领事馆领事。1945年抗战胜利后，获当时政府发给的"胜利勋章"。

国民党第八届中央委员、陆军二级上将黄壮怀，曾就读于义乌第二（廿三里）高等小学，后投笔从戎，毕业于保定军校第六期，为人正直清廉、心思细腻，先后调任长江上游江防总指挥部副总指挥官、第六战区司令长官部副官处处长、陆军经理署副署长、联勤总部补给处处长等职。

戎马一生的王祖谦（王将风），参加了淞沪会战、台儿庄战役、武汉保卫战、桂南会战、昆仑关战役及缅甸远征军，多次从枪林弹雨中死里逃生，战功赫赫。1950年，在四川成都起义。1951年，被任命为中国人民解放军西南军区后勤部建委副主任。

肝胆相照的王景舜是一位土生土长的山东人，经组织委派，曾任义乌县义东区三区大队俞慕耕部大队指导员，独立大队彭林部副官司、联络参谋、情报站长等职，经组织批准，与廿三里结下了一生的情缘。

义东北一带远近闻名的律师金允鳌，秉承"铁肩担道义、妙手著文章"的理念，凭着一张"铁嘴"，赢得了远近乡邻好评。

全程参战淮海战役的黄昌杰（黄椿），1943年曾参加缅甸远征军，回国后接受进步思想，加入中国人民解放军华东军区司令部车队，为前线抢送军需物资，确保后勤补给立下汗马功劳。

一生与铁路结下了不解之缘的黄昌悌，曾先后参加黎湛线、鹰厦线、包兰线、湘黔线、襄渝线等铁路的修建，为筑起祖国的钢铁运输线做出了贡献。他还参加了抗美援朝战争、抗美援越战争，曾荣获朝鲜人民民主共和国勋章和越南人民民主共和国奖章各一枚。

还有随二野战军参加解放舟山金塘岛、大陈群岛的黄以义，随车经滇缅公路赴缅甸多次运送抗战物资的抗战老兵朱君诚（朱庆武），黄浦军校第18期学员丁成献，多次立功的离休干部陈盛龙，历任第三野战军东阳独立第三营一连班长、荣立四等功2次的陈志金。

革命烈士有抗日战争时曾在浙江铁路沿线与日寇作战牺牲的陈盛顺，阵亡于江苏青阳的黄庆演，在四川大足观音寺征粮时与土匪搏斗中牺牲的中国人民解放军第二野战军军事政治大学三分队学员陈盛响，志愿军某部炊事员、牺牲于朝鲜的黄意福（黄以福）等。

抗美援朝人员：陈广福、陈维献、骆正鳌、洪正伟（洪乃经）、黄鹄（黄昌忠）、黄昌娣、朱庆汉、吴春生……

由于时间紧，来不及一一统计，遗漏之处请各位乡贤见谅。

二

老街可以说是廿三里文化的根和魂。精美的古建筑，古韵悠悠，演绎着千年古镇历史积淀的辉煌。

在农耕时代，以土地为依托，以地缘或血缘为纽带，一般村庄的形成都以族居为主。廿三里盘溪而建，集水陆交通之通畅，汇南北商贾之往来，达四方信息之便捷等优势，吸引了来自四方客商落户生根繁衍，大兴土木，建造宗祠、厅堂、民居，以留后人。

漫步其间，现存村落的古建筑星罗棋布，见证着明清、民国和现代等多个历史时期建筑的变迁，尽显浓厚的地域文化气息，传递着古老的文化韵味，处处令人驻足品味，激活了沉积已久几乎要遗忘了的温暖记忆。

廿三里镇虽然不大，却五脏俱全，是乡村政治、文化、商业的中心。老街曾是当地最繁华的行政、商业与民居的核心区域，由南向北，逆水而行，谓之锁住风水，肥水不外流。

据老人回忆，老街上古建筑群原本非常完整，上街有规模宏大的朱氏宗祠，由楼下厅、新厅、旧厅组成，中街有谢氏宗祠，下街有施氏宗祠，但20世纪六七十年代，拆的拆，毁的毁，如今只幸存黄氏宗祠（振兴堂），其他宗祠经过时光岁月消蚀和人为毁坏，几乎消失殆尽。

金重辉民居是廿三里老街唯一的一幢木结构三层楼，民国时期商业和民居融为一体的代表性建筑，也是廿三里重要的商业标记，是追寻"义乌精神"、义乌经商传统的教育基地。后来曾为廿三里乡公所的驻地，是老街最热闹的地方，临街的一字排开店面房，左边是中国人民银行廿三里储蓄所，右边是廿三里邮电所。

在老街上，引人注目的还有一幢砖木结构西式小洋房，这是由黄埔军校第七分校教官、第八战区副长官部任职的吴可夫出资建造。新中国成立后收归国有，成为义东区委、廿三里派出所等办公场所。

振兴堂位于廿三里前店，可以说是现存精美古建筑的翘楚，由明崇

祯十二年（1639）义乌县城朝阳门迁往廿三里居住的黄氏先祖黄尚柱所建，坐北朝南，由前、中、后三进两厢组成，前后两进房屋均已倒塌，仅存正厅三间，占地113.26平方米，依然气势恢宏。

廿三里下街头还有一幢出了名的香宅——徐天喜民居，民居的板材雕刻，无一不取材于香樟木。故而人入其宅，香味扑鼻宜人，让人神清气爽。

清代建筑还有新厅民居、新庆堂、楼下厅、老街七间头、黄记行灯铺、草湖塘村九间头……虽然有些破损残缺，但在一栋栋各具特色的建筑遗珍里探秘，或恢弘，或典雅，或精致，或简洁，或完整，或热闹，或冷清，给了我们以解读她的钥匙，去追忆渐行渐远的昔日辉煌历史。

廿三里有一句俗语："三桥有一庙"，不知说的是桥多，还是庙广。在老街的上街头，有一高一低、一宽一窄的两座钢筋水泥桥，两桥并排而建，宽的为平桥，窄的为拱形桥，村里人都把拱形桥叫做洋桥。洋桥桥面由水泥和碎石混合而成，托举桥面的是一根根水泥浇灌的桥墩，桥的两侧设栏杆，用的是粗壮的实心铁管，是廿三里镇最早用钢筋水泥作为建筑材料的桥梁。还有一座建于民国的维悦桥，为单孔石拱桥，拱券用八根条石并列支撑，南北落坡与两旁道路持平，桥拱券石上阴刻楷书"继悦桥"，构造牢固保存尚好。

街上从南向北还有三座庙。桥头殿，又称胡公庙，处于两条溪的交叉口，后面有棵需几人合抱的大樟树，1953年敲毁后曾改建医院，后被工商所征用。元帝庙，又名神中殿，始建于清康熙五十五年（1716），历史悠久，香火旺盛，原址位于廿三里老街最繁华的中间地段，可见当时百姓对神像信仰和崇拜的程度，是十里八乡内保存较为完整的庙宇之一，现移至老街后面新建。下街尽头有下佛堂，建筑像凉亭，大门上有青石雕刻的"廿三里镇"四个大字，内有一米五左右的释迦牟尼佛像，两侧有木凳供行人歇息，如今已荡然无存。

当时，外出均走旱路和水路，交通工具也不发达。要致富先修路，直到1968年，廿三里开通了第一条到义乌城里的简易公路——稠廿路。

廿三里老街鸟瞰图2017年
摄影/吴贵明

四

廿三里村是一个有着悠久历史商业文明的发祥地，可以说与商俱来，与商业共兴衰同生死的生命体。

义乌的集市贸易，究竟起于何时，以及古代发展情况，已无从查考。据明万历《义乌县志》记载，义乌有集市16处，街10处，无论"市"还是"街"，廿三里都名列其中。清雍正五年（1727），廿三里还专设"分防营"，驻专防员、协防员、营兵27名。至清代嘉庆年间，义乌设29个集市，廿三里依然榜上有名。1949年5月，义乌解放，全县集市和集期未作变动。土地改革后，农民生产积极性很高，经济迅速恢复和发展，集市贸易空前兴旺。

集市是老街的节日，也是老街的青春与生命。如今，徜徉在窄窄的老街上，好像在翻阅老街的历史。虽然昔日的辉煌已经不复存在，但似乎依然闻到古老的农耕社会的气息，可以触摸到历史的体温，感受到那遥远年代的脉动。

廿三里老街是义乌东门的繁华之地，长约400米左右，宽约3.5米，像一条两头微翘的扁担，分下街、中街、上街和洋桥头四个部分。临

廿三里老街
摄影/吴贵明

街店面有上百间，多为木构支层档房，前店后堂，楼上住人、堆放货物，店面均上木排门，店内放置高高的柜台。洋桥头主要是货市，集市时最热闹的地方，可以自由摆摊，供销社的百货商店也在这里。上街主要经营红糖和五谷杂粮。中街为最繁荣之地，主要经营南货、食品、医药、丝线、印染、文具、字画、灯具、照相馆等，琳琅满目的商品与五色杂陈的招牌吸引众多客商集聚。下街主要是猪市，经营品种有鸡、鸭、鹅、蛋类、杂货、农副产品及手工制品、加工等。每到农历初一、四、七的集市，四邻八乡的村民都来赶集，街上人来人往、络绎不绝、热闹非凡。

由于店家长期的诚信经营，出现一批黄记行灯铺、金永和火腿、陈赞记烟丝、何利济洋灰等老字号店铺，同和、仁和、回生堂、承德堂、吴济元、刘葆盛、吴华宝、洪振泰、冯裕泰、复康、五香斋等声名俱佳的名牌老店，及朱永世、毛忠良、王仲文、黄久愿等诊所，还有一些名闻遐迩的丝绸店、裁缝店、南货店、婚嫁礼品店、铁器店、钉秤店、竹篾店、糕饼店、馒头店、保长烧饼、小梅油酥等等，一店有一店的风华，一物有一物的味道。

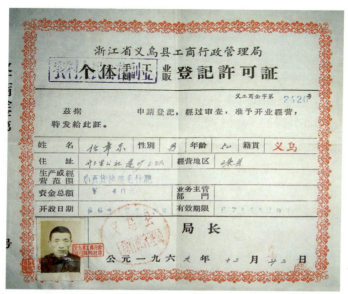

1996年小百货换鸡毛什肥许可证

廿三里人是敲糖帮的先行者和引领者，素有敲糖换鸡毛传统，是"草根经济"的缩影与象征。为了谋生，廿三里人民早在明末清初时期，就干起了"敲糖换鸡毛"的营生，手中的拨浪鼓声响遍了周边省市，为数不多的货郎在民间走街串巷，初露雏形。到了清道光年间，已形成一个组织严密、分工细密的组织。民国后期，一些换糖人开始专门从事外贸生意。

廿三里是羽毛厂的发源地，有廿三里羽毛厂、陶店羽毛厂、王店羽毛厂，其中徐天喜是当年全国做得最大的"红鸡毛"羽毛制品出口商。他不仅收鸡毛，也兼收鸭毛、鹅毛、猪毛等，分类制作产品，销往杭州、上海、广州等地，还出口东南亚甚至欧洲各国，带动了廿三里的产业链。

20世纪80年代初，全国性的一些禁令尚未消除，计划经济仍然束缚着干部、群众的手脚。但是，不甘贫穷的廿三里的敲糖帮，于1973年就成立村农科队、养猪场、综合厂，冲破阻力，将敲糖换鸡毛、换小百货的生意做得风生水起，廿三里村的几条弄堂、供销社门前空地和洋桥头两旁，沿街设摊、提篮叫卖，自发云集。苦于没有固定场地、固定摊位，谁早谁先摆放的矛盾越来越激化，经商人发出了要求创办小百货市场的强烈呼声。义东区委和廿三里公社党委，因势利导，与廿三里大队共同商议，租借了第二生产队的晒场（即前店门堂），于1981年上半年，用木头、木板搭起200余个摊位，由区工商所实施管理，收取每人每天一元的管理费，由税务所收取每人每月30元的定额税，就此，由当地政府部门参与管理的义乌最早的小商品市场——廿三里小百货市场应运而生。因集聚产品越来越多，规模越来越多，市场也曾几易其址。

廿三里老街开创了小商品市场之先河，成了闻名全球的小商品之都的发祥地而载入史册。后因地理偏僻，交通不便，服务设施跟不上时代发展，致使小商品市场慢慢地向城区发展。

古朴自然、幽静安闲的老街渐行渐远，而在老旧的街区又萌发生长出新的事物，开元街成为第一条新的商业街。1997年，建成文化工程项目"东海明珠"，丰富了当地人文化生活。1999年，开始"农转非"，村民成了居民。2001年启动旧村改造，先后建成通宝南区、通宝北区、老年公寓楼、新村办公楼并投入使用，改善了生活居住条件，满足了人民日益增长的精神需求。

风靡全球的电视连续剧《鸡毛飞上天》中许多镜头重现了老街的情景，唤起了老一代人的情感记忆，这里曾经是他们的天堂、精神的家园。让人欣慰的是，按照廿三里老街保护规划，"市场之源"仿古商业商区将开工建设，老街将涅槃重生，拨浪鼓摇出的声音将更响亮、更悠长。

骆宾王后裔，当地女诗人骆春英在走访老街时触景生情，写下了：

石板洋桥檐影斜，百年商铺小生涯。

号行灯后弹棉絮，写对联边打铁花。

茶气药香风满满，发廊相馆忆些些。

淮摇鼗鼓巷头运，转角依稀是我家。

忆往昔，峥嵘岁月；看今朝，生机盎然。历史与现代的交汇，人文与自然的交融，古老的廿三里将散发出更加耀眼的光彩。

（何恃坚）

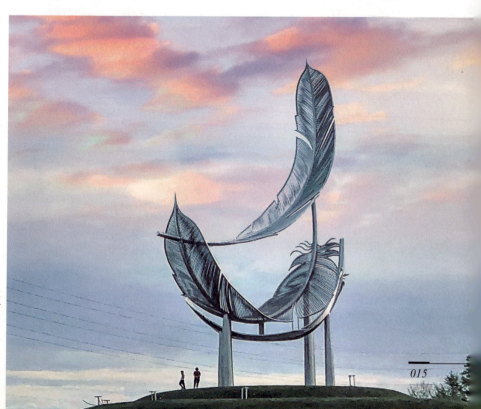

鸡毛飞上天雕塑
摄影/李寒霞

老街与货郎
摄影/金福根

老街商踪 市场发祥

　　廿三里村是义乌小商品市场的发祥地，是闻名遐迩的"拨浪鼓"之乡，可以说是与商俱来的一个神奇的村庄。

　　集市是老街的节日，也是老街的青春与生命。如今，徜徉在窄窄的老街上，追寻着老街的缕缕商踪，探求着老街的历历过往，虽然昔日的辉煌已经不复存在，但我们依然能闻到古老农商社会的气息，可以触摸到历史的体温，感受到那个遥远年代的脉动。

都说义乌是以商立市，那这"商"字之源从何而来呢？

据说周武王灭商后，商族人成了周朝的奴隶，周武王把殷商遗民发配到各诸侯国。由于商族原是贵族，平日养尊处优，身无长技，一下变为贱民，又被剥夺了土地和特权，无力赡养家眷，只好走南闯北劳碌奔波，以做买卖为主要职业。他们甚至于顺商河而下，出海航行，把生意做到了海外。日子一长，这就形成了一个固定的职业，周人称他们为"商人"，称他们的职业为"商业"，贩卖的物品为"商品"，这种叫法一直延续到了今天。义乌的商业源头，的确可追溯到东周时期以及春秋战国时代。1981年，考古学家们就在义乌发掘的一座先秦土墩墓中发现了作为实物货币的蛤壳两件，被认定为古越国货币之一，这个考古发现，可为佐证。早在春秋战国时期的古越国，伴随着农业和手工业的发展，商业经营就已获得长足进步，发展商业成为当时列国谋求富强的一项重要政策，地处古越国的义乌当然也不例外。而位于义乌东部的廿三里，作为义乌悠久的商业文明发祥地之一，因其地理条件、人文传承，可以说与生俱来就是一个经商的风水宝地。

如今一说到廿三里，很多人都自然而然地认为我们提及的是现在已被列为乡镇级规划的行政区——廿三里街道，其实，在廿三里街道，还有一个叫廿三里村的村庄。

这是一个值得被载入义乌现代商贸业发展史册的神奇的村庄。

廿三里村，位于浙江省义乌市东部，现为廿三里街道人民政府驻地，是廿三里街道政治、经济、文化中心。据嘉庆《大清一统志》记载：廿三里村"其西至县郭，南至画溪（东阳），北至苏溪皆二十三里，故名"。廿三里因处县城、苏溪、东阳3个重要商业城镇交会处，便被远近的人士、商人所看中，纷纷移居这里读书、经商、就业。明万历《义乌县志》有载："公（宗泽）生于石坂塘，迁居廿三里。"宗泽父亲宗舜卿与先前侨居廿三里的丽水商人陈允昌关系甚密。这说明早在近千年前的北宋，廿三里村就有外县人与本县人移入居住，自古以来就是浙中商业的聚集地。

一说到廿三里村，就不得不提到村里那条历尽沧桑的老街：这条商业老街，南北走向，全长近400米，两边曾经聚集起区公所、供销社、信用社、税务所等单位，更是义乌连通诸暨、杭州方向和丽水、永康方向的必经陆路，人来人往，客流不息，其浓郁的商贸气息在这条老街上体现得淋漓尽致，可以说是廿三里源远流长的商业文化的一个缩影。

徜徉在廿三里老街之上，我们用探寻的脚步轻轻叩响着布满岁月沧桑痕迹的石板路，用好奇的目光四处张望着沿街古香古色的老建筑，剃头店、钉秤店、灯笼店、篾匠铺、磨刀铺……一些早已在城市里销声匿迹的老手艺、老店铺，在这条老街之上依旧被一些人默默守护着。我们似乎还能感受得到，那段曾经比肩继踵、熙熙攘攘的逝去的老街时光，仿佛正缓缓倒流并在此停滞，那曾经回荡在历史深处的阵阵清脆悦耳的拨浪鼓声，似乎还在隐隐约约叮咚作响，而义乌现代商贸业的商踪源头，也正从这里静静地流淌开来，无声地诉说着廿三里的历史变迁。

沧海桑田，岁月流逝，如今，离老街不远处宽阔的商城大道上日日车流奔涌、来往如梭，四周高楼大厦鳞次栉比，每到夜幕降临更是霓虹闪烁、流光溢彩，而老街则像一个繁华褪尽的老者，静静地等待着我们去探寻她曾经的无上荣光与一个个传奇的故事。

敲糖帮史话

20世纪60年代中期至70年代初，在廿三里形成了鸡毛交易市场
摄影/楼子荣

"鼗鼓街头摇丁东，无须竭力叫卖声。莫道双肩难负重，乾坤尽在一担中。"

2014年11月20日，国家总理在义乌国际商贸城考察时，一位经营户将一只巴掌大小的拨浪鼓赠予总理。同年12月8日，这只有着近50年历史，极具象征意义的拨浪鼓被国家博物馆永久收藏。虽然如今的义乌国际商贸城与数千年前的货郎担在本质属性上不尽相同，然而，不管是在古代还是现代，义乌的商贸史都与这只"神器"——拨浪鼓，有着密不可分的关系。从最初依托它的奇异声响招引天南地北的商客，直至依托它的精神摇出了闻名全世界的小商品市场，千百个从廿三里老街中走出来的"敲糖帮"，用他们手中的拨浪鼓，摇响了中国市场经济整整一个时代的最强音。

许多上了年纪的人们一定都还记得，多年以前，在邻近义乌各省市的街头巷尾、山村小道，总能看见一个个手摇着这种咚咚作响的"拨浪鼓"，嘴里大声吆喝着"鸡毛换糖喽~"的汉子们。他们有着一张张黝黑的面庞，结实的身板，朴实的性情；他们翻山越岭，风餐露宿，山泉解渴，野果充饥；他们肩挑货郎担，起早贪黑，踏遍坎坷路。

他们就是如今被大家所熟知且广为流传的义乌敲糖帮。时至今日，每当我们来到廿三里街道的拨浪鼓广场上，一定能看到有一组"鸡毛换糖"的铜像，惟妙惟肖地再现了当时敲糖帮货郎担的生动形象。

其实敲糖帮的货郎担形象，在宋代著名的《清明上河图》中，就已所有生动描绘；金代有《乾坤一担图》，明代也有《货郎担图》。而在经典的货郎担形象中，最引人注意、不可或缺的重要道具，就是那个高举在他们手中"咚咚"作响的拨浪鼓。

《诗经·有瞽》中有记载：鞉、磬、柷、圉。其中的"鞉"即鼗。如鼓而小，有柄，两耳，持其柄而摇之，则旁耳还自击。这鼗就是我们现在所说的拨浪鼓。据南朝刘敬叔《异苑》记载：乌伤立县，就有群乌衔鼓，以彰颜乌的纯孝。由此可见，"敲糖帮"所使用的拨浪鼓之渊源，最早可追溯至秦汉时期。

拨浪鼓发展至宋代，已经在三个领域出现，一是礼乐之用；二是商业之用；三是儿童玩具。商业之用则是指"货郎鼓"，民间货郎一般是持拨浪鼓招徕顾客的。南宋李嵩的《货郎图》中，我们可以看到画中的拨浪鼓，造型颇为考究，鼓柄做成葫芦把，鼓形如罐，双耳较特殊，类似皮条，持柄摇之，皮条抽打鼓面发声。还有"四层拨浪鼓"由四个由小渐大的小鼓，逐个叠摞在一起，相间转向90度。每个鼓各有弹丸做的双耳，鼓下设光滑精致的手柄。根据此图，现在的人们复制了这种货郎鼓，摇之发声，高低错落，叮咚悦耳。廿三里村的先民中，有一部分人就是手持着拨浪鼓，摇响了"鸡毛换糖"这一排除在典型的农业经济之外又与农业生产息息相关的独特营生。

据《义乌县志》记载，在清朝乾隆年间，廿三里的先民就干起了"敲糖换鸡毛"的营生，据说那时候就有数千副糖担经营，是为敲糖帮的第一个鼎盛期。所以"鸡毛换糖"这一商业文明作为十大浙商标志事件之首，就是起源于廿三里，为义乌的早期市场奠定了基础。

每逢冬春农闲季节，敲糖帮的货郎们便肩挑"糖担"，手摇拨浪鼓，去外地走街串巷，上门换取禽畜毛骨、旧衣破鞋、废铜烂铁等，博取微利。他们的糖担一般由两个箩筐、两个山货盒、一个拨浪鼓、一根扁担构成，箩筐用来装鸡鸭毛等物品，盒子里则装着红糖制成的糖饼和生姜糖粒。后来，糖担里的货品慢慢增多，有了各种生活必备的小商品。

那么，一开始，敲糖帮为什么要用糖去换取"鸡毛"呢？

所谓一方水土养一方人。义乌自然资源为"七山二水一分田"，长期以来耕地资源贫乏，人均耕地仅为全国的三分之一。人地矛盾使义乌

廿三里桥头
小百货市场
摄影/金福根

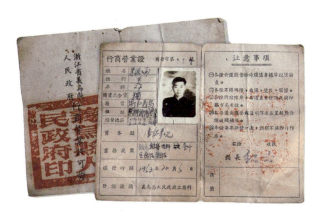

1953年10月，义乌县人民政府工商科发放的盖有县长红土印章的"敲糖换鸡毛"的营业许可证

面临着巨大的生存压力。义乌不仅人多地少，而且土地贫瘠，除了义乌江两岸是沙壤土，其他绝大多数为红壤，偏酸性。为了提高单位产量，人们不得不精耕细作。为了改变土壤酸性，农民除了烧焦灰、撒草木灰，还有"塞和毛"的习俗，农民用鸡毛、鸭毛与塘泥、人畜粪尿搅拌起来，踏成泥状，然后制成"泥团"，再将"泥团"搓成拇指般粗，把一颗颗肥料喂到庄稼"嘴巴"里，这就需要大量的家禽的羽毛作为原材料。好在"义乌三件宝，红糖、火腿、南蜜枣"，有的是物物交换的土特产，于是人们将红糖制成糖饼或生姜糖，在春节之时三五成群外出敲糖换鸡毛了。

到了20世纪60年代后期，敲糖帮进入了第二鼎盛期，廿三里村一带基本上每家每户都有敲糖人，有祖孙一起去的，有父子同往的，也有夫妻双行的，也有全家都去的。在整个义乌估计有上万副糖担，廿三里便占了一大半，这是一支非常强大的"非农经济"大军，也是当时义乌经济建设的生力军。

一段敲糖换鸡毛史，就是一段辛酸的创业史。个中的酸甜苦辣，或许只有亲自经历过的货郎们才能深刻地体会到。

廿三里村如今已80多岁的朱开维老人，在20世纪60年代，就曾和老乡们一起，挑着货郎担去临安、昌化等地"鸡毛换糖"了。回忆起"敲糖"的那一段往事，老人跟他的老伴吴美彩依旧记忆犹新，当谈到其中的艰辛与困苦，老人历经岁月沧桑的浑浊的眼中还不时闪烁起晶莹的亮光。

　　1951年，全国正轰轰烈烈地进行扫盲运动，时年18岁的朱开维因为具备小学文化程度，被村里推荐参加了全县组织的冬校教师培训班，学成归来后回到廿三里小学当了一名光荣的小学教师，这在当时来说可以算是一名"知识青年"了。可是，随着60年代初"大跃进"运动如火如荼地开展，1962年8月的一纸"下放令"，朱开维从此开始了近8年的"敲糖帮"生涯。

　　朱开维被安排到一个名叫杜正新的组长手下，平时跟公社的社员们一起在田间地头劳作，到了农历腊月十一十二的时候，就被安排到临安、昌化一带去"鸡毛换糖"，到腊月廿九才能回家过年。

　　教书出身的朱开维脸皮薄、怕倒霉，第一次跟着"敲糖帮"去外面"鸡毛换糖"时，别说摇起拨浪鼓吆喝了，就连挑上那副货郎担都觉得不好意思。当时"敲糖帮"去临安，需要挑担走路到苏溪镇坐车，还是他的妻子吴美彩替他挑着货郎担，从村里出来连走三里路，一直送到一个叫"长山背"的地方，朱开维才接过担子接着走。

　　"我们在那里敲糖，就跟讨饭的差不多，太苦了，"朱开维回忆说，"那时候就只能吃两头餐，一顿早饭一顿晚饭，有时候忙起来饭都顾不上吃，更没地方住，只能借宿在别人家里。"有一次下大雪，朱开维刚好挑着担子在一个山村里敲糖，下山的路被雪封得已经不能走了，而他借宿的地方正在山下，眼看天慢慢黑下来了，实在没有办法，内向的朱开维只好挑着沉重的担子，深一脚浅一脚地走进村子里，厚着脸皮挨家挨户敲开人家的门请求借宿。很幸运，一个善良的阿婆答应让他留宿。恰好这位阿婆有个七八岁的孙子，没有上过学，作为回报，朱开维教这个孩子读书写字。在那个风雪交加的夜晚，朱开维用他如今摇着拨浪鼓的手，手把手地尽心教导着一个异乡渴望着知识浇灌的孩童，那一刻，朱开维忽然感觉到他似乎又成了那个教书育人的朱老师，仿佛回到了他曾经站立着的三尺讲台上，听到了孩子们朗朗的读书声……

　　"每到下雨下雪的时候，一想到开维在外面敲糖，我就在家哭啊，担心他吃不饱、穿不暖，我的心都是揪起来的！"回忆到这里，朱开维的老伴吴美彩声音哽咽，眼里满是泪光。

在两个老人对这段"敲糖岁月"的回忆里，他们说得最多的字眼儿就是——"太苦了！"

"当然最高兴的就是敲糖十几天，收入真的是很不错，有100多块钱咧，这几乎是我们全家三个儿子加两个大人一年的开销了。"朱开维说到这里，脸上终于有了笑容。

1968年，朱开维结束了他的敲糖生涯，重新回到了教师的工作岗位上，直到1994年退休。也许朱开维只是一个特例，他原本是一名教书育人的教师，因为某些原因闯入了"敲糖帮"这样的一个群体之中，但是这段历史，在他人生中一定留下了不可磨灭的时代烙印，同时也是他人生中最宝贵的一段经历。

鸡毛换糖从17世纪中叶开始，到21世纪共经历了300多年的历史，为什么长期处于草根性状态，直到20世纪60年代才开始发展呢？社会上的任何事物的发展，都与外界的环境有着密切的关系。以前，鸡毛换糖的目的主要是为了换取畜毛以作农肥用，他们以农为主，农闲时出门，经营品就是单纯的一种糖，所以经济效益十分有限。

1956年，廿三里羽毛加工业开始兴起，没过几年，就发展成为全国最大的羽毛加工基地，从最先吕银治办的羽毛厂开始，发展到隔壁村

1963年12月，义乌县工商行政管理局向义东区各公社：联合、苏溪、新新、福田公社发出的《生产队集体外出以小百货换取鸡毛什（杂）肥的通知》

1974年，义乌县工商行政管理局发放给义乌联合乡新新生产大队陈樟达"小百货换鸡毛什肥"的许可证，经营地区以江山为限，有效期为1974年1月2日至1974年3月31日

七八个羽毛厂，甚至还带动了邻县东阳的羽毛厂的发展。羽毛业一时成为义乌的主要产业，羽毛更是义乌土特产公司换取外汇的强项产品。众多的羽毛厂就需要众多的原料，而其原料正是公鸡的"三把毛"，这对廿三里鸡毛换糖业的飞跃起到了关键作用。在当时，还是计划经济时代，为了供应羽毛厂的原料，廿三里老街上的供销社开设了"三把毛"收购点，这一来，更有利于敲糖帮"鸡毛换糖"的销售。从20世纪60年代开始，鸡毛换糖业一下子从以收畜毛为主改变为收公鸡毛为主，从单纯的农业积肥行为进化为商业盈利行为，正因为环境的变化和利益观念的转变所致，鸡毛换糖业犹如核聚变一般迅速扩散，逐渐向鼎盛期方向发展。

到了20世纪60年代后期70年代初，鸡毛换糖业已进入高峰期，这与地方政府采取"打而不死"的半支持政策是分不开的。此前，政府曾一度将此业当成资本主义尾巴来割，廿三里老街的洋桥头边，至今还保留着当时廿三里公社成立的"打击投机倒把办公室"原址。后来，政府发现鸡毛换糖户的生活条件普遍高于纯农，而且还解决了许多交缺粮款难的问题，只要让缺粮户去鸡毛换糖，缺粮款就不成问题。为此，义乌工商行政管理局就给他们发放了"临时许可证"，在农闲时允许和支持农民外出经营。在那个特殊的年代，义乌全境竟开出了7000多张鸡毛换糖许可证，当然，其中大多数都是廿三里人。

时代的车轮总是滚滚向前的，到了1978年，改革开放的春风开始吹遍神州大地，曾经手摇拨浪鼓，走街串巷换鸡毛的敲糖帮犹如天女散花似地散布于全国各地，随着市场经济的发展，许多曾经是敲糖帮中一员的货郎们很快又演变为义乌小商品市场的弄潮儿，他们以丰富的经商经验，在市场上发挥了强健的经营功能，以薄利多销的方式，赢得了国内外商贾的青睐，为义乌小商品市场的发展作出了重大贡献。

廿三里村的陈春生也曾跟着哥哥去江西敲糖，从农历冬月出门到开年的正月，每年都要在外挑着货郎担奔波，没有一次在家过过年，仅仅是因为这段时间是农闲季节，每家每户都要杀鸡过年，鸡毛也很多，一年收鸡毛挣钱的机会也就这几天最好。

当年，他从供销社里备足了有机玻璃纽扣、针头线脑、发夹、气球和棒棒糖等各式货品。"针线、气球都是一毛一个，棒棒糖是两分钱，有机玻璃纽扣是在中山装上用的，进价6角钱，可以卖到5块钱。"陈春生当年的经营之道，于细微处展现着廿三里人精明的商业头脑。"在江西，我们都是住在当地的农户家的，早上吃了饭出门，走到晚上才回来，中午那顿基本上不吃，实在饿了就在小店买点吃的。"陈春生回忆，最高兴的事情就是过年的时候卖气球，一天能卖几百个，虽然嘴巴吹气球都吹肿了，但是口袋里塞着满满的一袋一角钱。

还记得第一次从江西敲糖回来，陈春生就带回来100元钱。"那个时候已经相当不简单了，米只要一角六分一斤，猪肉五角五分一斤，鸡蛋五分一个。"陈春生自豪地说。

敲糖结束后，陈春生开始到义乌小商品市场摆摊卖有机玻璃扣，生意做大了以后，还办起了家庭工厂，之后转行办箱包企业，现在儿子已经接班了，他当选担任了廿三里村的党支部书记。

20世纪80年代，经济学界与文史学界对如此平凡的敲糖帮，竟能干出如此不平凡的大事业而感到神奇并产生了浓厚的兴趣，于是就纷纷研究起其中的奥秘，并对"敲糖帮"取了个新名字，叫做"鸡毛换糖"，不过义乌民间还是习惯叫"敲糖"，直至如今。

历史是什么？历史是过去传到将来的回声，也是将来对过去的反映。

"易穷则变，变则通，通则久"，从廿三里老街那斑驳的青石板中手摇拨浪鼓，肩挑糖担，步履铿锵一步一个脚印走出来的敲糖帮的先民们，他们豁出了一条命，义无反顾地踏上背井离乡、走南闯北、追逐商贾"末业"的漫漫征程；他们含辛茹苦，全身心地从事着这一在传统的自然经济状态下有些时段甚至如过街老鼠般的职业；他们从一无所有的状态开始了原始商业资本的积累；他们不像其他拥有肥沃土地、温饱小康之民那样患得患失，留恋故土，拘泥于传统观念，用一种毫厘争取、积少成多、勇于开拓的创新精神和百折不挠、善于变通、刻苦务实的实干精神，用一副担子，一个拨浪鼓，走上了响彻世界的小商业市场的发展道路。

（黄选　陈洪才）

山货市场溯源

    中国古代的商业活动一般是随着商品的频繁交换，逐渐固定在几个地区的，也因此形成了集市。集市具有悠久的历史，最早出现在大约两千多年以前的古代奴隶制社会，《吕氏春秋·勿耕》中便有"祝融作市"的记载。集市在我国不同时期和不同地区，有许多种形式和名称，如集、市、草市、村市、墟、场等，几千年来，集市一直是我国商品贸易流通的重要场所。

    "集"大约在公元前11世纪的商、周时期就有存在，并于唐朝末年以后得到蓬勃发展。它是随着社会分工和经济交流的扩大而发展起来的。与市相比，"集"的地点较为固定，举办的时间也具有明显的周期性，参加者主要是农民、手工业者，他们之间的买卖活动既是生产者向消费者直接出售，也是生产者之间的产品流通。"市"作为人们交换产品的场所，到西周时期发展成为官府控制的市场。在此后的几百年里，市的设立或撤销由官府来决定，市坊制曾一度流行，市是商业区，坊是住宅区，市区不建住宅，坊区不设店铺。在宋朝，市的地域、时间都被打破，官府控制的市逐渐消亡，市进入了一个新的发展阶段，随着货币和商人的介入，逐渐发展成为商业区，商业色彩日益浓厚，如市中先后出现零售性质的肆和批发性质的邸店。

    据明万历六年(1578)的《金华府志》记载，当时的义乌有集市13个，廿三里便位列其一；而到了清嘉庆年间，集市已发展到29个，廿三里依旧榜上有名，与万历年间相比，集市数量几近增加了一倍。时盛赞曰："义乌的集市为全(金华)府之冠。"

    早期的集市以日中为市，后来又出现早市、晚市。随着义乌商贸业的日渐兴旺，一些集市逐渐发展成为商业集镇，廿三里便是其中较为突出的商业集镇之一。到20世纪20年代中后期，义乌的四镇——廿三里、佛堂、上溪、苏溪共有集市23个，分布于东、南、西、北四乡，形成了以镇为核心的商品贸易体系。

当时，义乌主县城既是政治文化中心，又是商业经济中心。除了街面上的店铺作坊，还有四镇农民和小商小贩利用空旷土地作为场地，定期摆摊经营的集市贸易的古代"墟市"。义乌人称这种市集为"市"或"市口"。民国时期摊贩渐次增多，城内的集市场地因为太小难以容纳，又发展到沿街摆设。

集市日期人们习惯称之为"市日"。义乌当时主县城的市日是农历逢三、六、九日，与廿三里的一、四、七日错开。抗战胜利后，商品交流频率增快，廿三里把集市日期改为农历逢单，即一、三、五、七、九日，主县城相应改为农历逢双，即二、四、六、八、十日。沿街摆摊的市场也作了专业分工，并在廿三里村的老街逐渐形成了一个"山货市场"。

据廿三里老街的老一辈回忆：廿三里老街分上、中、下三个街头：下街头有个猪市，中街这段分布着理发店、灯笼店、竹篾铺等店铺，而上街头就是著名的山货市场了。这个山货市场，就是如今举世闻名的义乌小商品市场的发源地。

所谓山货，是指用竹木等材料做的农具和用具，如菜篮、扫帚、畚箕、砧板、锅盖、锄耙、犁轭等等。这类山货店后来改称杂货店，但义乌老百姓还是习惯称为山货店，连后来出现的第一、二代的小商品市场也称为"山货市场"。

20世纪60年代后期到70年代末，因为特殊的历史原因，廿三里村的农民们在夹缝中顽强地寻找着土地以外的生存空间，尽管受到当时政策的严格限制与打压，廿三里村的大多数男性村民还是重新挑起货郎担，加入了鸡毛换糖的行列，因此也推动了廿三里非农经济的繁荣，其中也包括了诞生于廿三里老街上的"山货市场"。

说到"山货市场"的起源，就不得不提起廿三里老街上的三个米筛摊。

早在20世纪60年代初，廿三里老街上就出现三个米筛摊经营小百货，专供鸡毛换糖的需求，一个是李宅村的陈长福，另二个是廿三里村的朱宝球与盘山村的金宝香。陈长福是个腿脚有残疾的男人，朱宝球与金宝香则是体弱多病的妇女，三人都是从供销社下放的人员。因无劳动能力而受到地方政府的特别照顾，工商部门破例发给他们当时政策不允许的个体营业执照与购货卡，让他们自行解决生活出路。三人就凭着这宝贝似的个体营业执照与购货卡，在廿三里老街摆起了米筛摊，专供鸡毛换糖的货郎们所需要的一些小商品。米筛摊上的商品种类其实也很有限，仅是针头线脑等十几种商品，如针、线、摁扣、发夹和橡皮圈等。这些商品都是从供销社批发来的，批发价是零售价的八折左右，他们转批给鸡毛换糖货郎的价格略低于供销社的零售价。如针，批发价每包是7分7厘，零售价是一角，米筛摊转批价格是9分。由于鸡毛换糖的货郎们没有执照与购货卡，就不具批发条件，所以，他们非向米筛摊转批不可。那时，鸡毛换糖的人并不多，整个义东区合起来也不过一二百人。义乌有句俗语说得好："千个田缺养只鹭鸶"，三个米筛摊有这批换糖人向他们购货，所得的利润已大大超过了在生产队劳动的身强力壮

1980年，廿三里小百货市场旧址，廿三里供销社门前空地。（左上）
摄影/金福根

1979年，廿三里盘溪桥头门弄堂小百货市场旧址。（右上）
摄影/金福根

1981年3月，廿三里前店门堂小百货市场旧址。（左下）
摄影/金福根

1981年7月，廿三里小百货市场旧址，廿三里第十大队和第二大队门堂。（右下）
摄影/金福根

正劳力了。

到了20世纪60年代末，正是中国历史上少有的围剿私商的时代，"鸡毛换糖"竟然奇迹般地在义乌延续。廿三里政府居然给外出"敲糖帮"开出长期证明，上面赫然写道："这是我县传统的支援农业措施之一。"在当时全国都在"割资本主义尾巴"的局势之下，义乌全县竟有7000多副糖担外出经营，其中大多数是廿三里人，其规模禁不住让人联想起"敲糖帮"在清朝初年的全盛景象。这些事实生动地告诉我们，廿三里在政治、文化、地理上的"边缘境地"是如何转化为一种保持和发展自己现代商业意识的"边缘优势"的。

"那时，按上面的政策，鸡毛换糖属资本主义尾巴，但为了地方经济的发展，我们还是暗中支持，因为廿三里有个'牛清塘羽毛厂'，是当时公社较大的乡办企业，羽毛厂的原料全靠鸡毛换糖者提供，再则那时化肥紧缺，农业的肥料全靠畜毛来肥田，这就是我们支持此业的原因。不过，有时候为了应付上面的政策，也有可能口头上有几句批评鸡毛换糖者的话。"原廿三里公社党委书记陈亨云回忆起当时的情况，依旧记忆犹新，他确实是这样做的，但是后来继任的书记并非都是如此，他们以"打击投机倒把"为名，组建了"打办"，办起了"学习班"，对鸡毛换糖的货郎进行严厉打压和围剿。

鸡毛换糖的货郎们在外出经营的过程中，经常要跟"打击投机倒把"办公室的工作人员玩猫捉老鼠的游戏，没收、罚款、关押是常事，但这并没有影响廿三里人外出鸡毛换糖的热情，更没有将外出劳力拉回到低效率的集体劳动中去，显然，鸡毛换糖这种非法交易本身就是农民和当时的不合理制度相博弈的过程。这种方式不仅仅是逃避低效益的集体劳动和追求更多经济利益的行为，更是一种农民采取非暴力反抗的民间智慧。

这种拉锯战一直持续到了1975年，随着中央政策的放松，廿三里老街设摊的经营者陆续多了起来，老街的商贸业从原先的计划经济逐渐向市场经济进行转变。1979年初，来自廿三里、福田两地的十几副货郎担自发在县前街歇担设摊，出售小玩具和针头线脑等小百货以及家庭工副业产品。廿三里老街的集市上也出现了自发性、季节性的小商品交易。

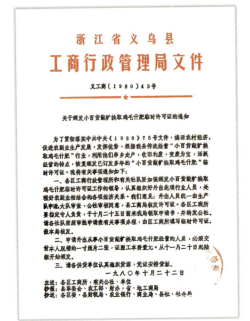

浙江省义乌县
工商行政管理局文件

义工商〔1980〕43号

关于颁发小百货敲糖换取鸡毛什肥临时许可证的通知

1980年义乌县
工商行政管理
局关于颁发小
百货敲糖换去
鸡毛什肥临时
许可证的通知

到了下半年，设摊的糖担增至100多副。

一时间，廿三里村中不少头脑活络的年轻小伙、身强力壮的生产队干部们都不见了身影。留守的老人告诉区、社干部，大伙儿都出去摆摊了。就拿纽扣生意来说，你可别小看了这一粒粒小小的纽扣，他们出去贩卖纽扣，一粒能赚一分钱，一只旅行袋能装一万粒，一袋就能赚100元，三四天来回一趟，一趟能赚三四百元，比当时干部的工资要高得

多了。其实，不仅仅是贩卖纽扣，即便是盈利只有几厘几毫的一根小头绳、一个小气球、一枚小钢针，廿三里人也会南来北往、劳碌奔波，不放弃任何赚取薄利的机会。

20世纪80年代初，终于来到了一个冰河解冻的时代，义东区委、廿三里公社党委的干部在向上级反映廿三里民情的同时，也苦苦地在中央下达的各个文件中寻找着答案，到底廿三里的老百姓们应该何去何从，作为干部又该如何引导？一次，他们在中共中央编印的《内部参考》上看到一篇介绍河北省辛集县组织引导兴办市场、发展经济的文章，让区、社党委领导干部眼前一亮，产生了创办廿三里山货市场的强烈冲动：廿三里一带有成百上千的"敲糖帮"，有历史悠久的商业文化，更有发展市场经营小商品的丰富经验和迫切需求，有呼之欲出的市场雏形，廿三里开办山货市场的条件远远比别的地方更强。

而此时，由廿三里老百姓自发聚集出现的山货市场早已远近闻名，只是市场没有固定的场地，经营者更没有固定的摊位，他们大多是提篮

叫卖，先在盘溪洋桥头进行交易，后又移到廿三里老街裁缝店边的几条弄堂里，1980年又相对集中在老街的廿三里供销社门前和公路两旁。为山货市场物色一个固定的场地已经是干部们需要刻不容缓去解决的一件大事了。

1981年上半年，区、社领导亲自找廿三里大队主要干部商议，并和第二生产队协商，租来一块靠公路边的晒场，用木头、木板搭起200余个摊位。由区工商所实施管理，收取每个摊位每天1元的管理费；由税务所收取每人每月30元的定额税收。至此，一个具备市场主体、义乌最早的小商品市场雏形——廿三里山货市场应运而生了。

为呵护这个新生市场，义东区委和廿三里公社党委力推县信用联社在廿三里试行向个体经商户贷款，打破了信用社贷款只贷种田、不贷经商的陈规。廿三里信用社不仅于1981年向860户个体经营户发放了贷款，解决了敲糖帮经营小商品流动资金不足的困难，还成了全县存款最多的信用社。

为解决廿三里运输渠道不畅的困难，区、社领导要求廿三里邮政部门扩大邮寄服务，准许商贩邮寄小商品大包裹，不仅为客商提供了方便，还让廿三里邮电支局资费收入高居全县各支局之首。随着场地、资金、运输等难题的破解，廿三里山货市场日渐红火。从此，以廿三里村为原点，辐射出了一条条耀眼夺目的"商线"，义乌走向了"以商建市"的康庄大道，并以其特有的崭新姿态，拉开了小商品市场经济高速发展的序幕。

时代的车轮滚滚向前，随着市场经济的发展，廿三里山货市场的经营主体逐渐向县主城区进行合并与转移，似乎已完成了他们的历史使命，消失在历史的尘埃之中。从廿三里村走出来的敲糖帮，也随着廿三里山货市场一起逐渐消失，他们有的已经到义乌市场上摆摊，有的在全国各大小城市中经营着小商品批发生意，融入于全国市场经济的大商潮之中。然而，在廿三里老街上所兴起的这个山货市场，催生了义乌市第一代小商品市场，并为今后义乌小商品市场的创建与开放起到了巨大先引作用，它永远是义乌现代商贸发展史上最为值得纪念与传颂的浓重一笔。

（黄选　陈洪才）

“三圈电筒光”背后的故事

说起地摊，很多人都认为这是一种很原始的商业形式，跟“高大上”的现代商贸业相比有着天壤之别。其实地摊经济不仅仅是我国商业得以发展的一个重要阶段，即使在商贸业发达的今天，也有着很强的生命力。

中国具有三千多年的地摊史，《论语》中有记载：“白工居肆，以成其事。”这时，人们开始兴建房屋，私营工商业崛起，在城市里开铺的开铺，摆摊的摆摊。这时候的摆摊早已不局限于把物品摆放在地上，很多家庭手工业也从传统的男耕女织，演变成织草鞋、织网、织履、织缟、为鞔（补鞋）……人们以家庭为单位在街边放上一张桌子，铺上一块布，把商品摆放在上面供大家选择，时间久了，买卖的商品种类也日渐增多，各种新奇古怪的商品，更加激发人们“逛市”的欲望，于是乎地摊便像雨后生出来的春笋，一下子出现了好多，导致地摊经济得以蓬勃发展。

是啊，当时谁又会想得到，从廿三里老街上几个简陋的地摊开始，就在短短的几十年时间里，全世界最大的小商品市场最终诞生在了义乌这片神奇的热土之上。从无到有，从小到大，义乌市场发展历程中点石成金式的故事就是这样耐人寻味、引人入胜。

现在的人或许很难想象，20世纪70年代末80年代初那个特殊的年代，在老街做买卖，居然需要偷偷摸摸靠打暗号接头的方式来交接生意。

1978年11月的一个晚上，全村人都已熄灯休息，唯独货郎金允盛一家还在捻玉米棒。到了十点多，突然听到叫门声，老金走出一看，只见一老者站立在门口，见了老金就问：“尼龙绸要么？”老金随即就叫老者进屋相谈。经过一番讨价还价，最后以每公斤32元成交。

鲜艳的尼龙绸是小姑娘们扎头发用的，供销社商店不经营这种产品，唯独廿三里山货市中有，是换糖担中不可或缺的商品。为了避免"打办"人员的打击，老者仅带一根样品，约定第二天夜晚10时在东岗山桥头一手交钱，一手交货，去时，各带手电筒，联系暗号是双方各甩三圈电筒光。

老金当时定购了25公斤绸，需要800元资金，在那时，这可是一笔相当大的巨款，他东借西凑还是不够数，只得约同村好友金锦田同往，货物各半分，货款自负。

第二天晚上，两个人带着钱，趁月色摸到东岗山桥头，甩了三圈电筒光，只见不远处的松林丛中立即作了回应，不一会，出来两个彪形大汉。老金二人个子小，见对方帽低遮过眉，嘴外蒙着大口罩，盖住了大半张脸，很难看出其真面貌，他们既不通姓，又不报名，开口就要见钱。老金怕遇上歹徒不敢显钱，对方怕碰上"打办"不敢显货，如此对峙许久，觉得若真的遇上不测，对方早已下手，老金求货心切，只得先显钱。对方见是真买主，就带着老金二人向野外深处走。不一时，来到一水库边，上了堤坝，走进启闭机小房，见第一次见面的老者正在里面看守着一袋尼龙绸。老金见到货，一阵欢喜，随即将用报纸包着的一大包钱付于对方，对方接过钱包，也不点数，又不言语，只见一挥手，飞也似的消失在黑幕之中。老金二人见了留下的货袋，也不知多少斤量，一背就走。

天一亮，老金二人各分一半，庆幸的是并不欠一两，于是就用剪刀开成条条，拿到廿三里老街上去卖，不料十分畅销，而利润也是对半开。

那时，集体劳动的报酬几乎等于零，做生意成了他们的唯一出路，而在当时严厉打击投机倒把形势的影响下，农民们想找点合适的生意也的确不容易。三圈电筒光背后这如今看来颇有些不可思议的故事，也正说明了当时在廿三里做生意的人们所经历的是怎样的不易与艰辛。

说起做生意，不仅要像老金他们这样胆大，还得心细，心细的一大特征就是心灵手巧，廿三里老街上有一对妯娌就是当时廿三里老街上生意人心灵手巧的典范。

20世纪70年代初，廿三里山货市场还没有形成，而鸡毛换糖的队伍已迅速扩大，他们常在廿三里老街的地摊中进货。丁凤珠与施爱兰两妯娌得知鸡毛换糖担急需供销社长期脱销的橡皮圈时，就灵机一动，用独轮车的废旧内胎剪而代之，她们就带着自己的"产品"，在鸡毛换糖人常出没的场所推销。由于橡皮圈长期脱销，换糖人只得向她们买这些内胎剪成的代替品。后来，丁凤珠又发现义乌西门有人会做压发扣，这是当时廿三里供销社没有的新产品，二人就前往进货带着卖，不料十分畅销，于是就学会自做自卖，就这样，她们二人一直在廿三里老街经营着这个皮筋的生意，十分红火。

丁凤珠有个外甥女名叫朱田仙，1971年，因做鸡蛋生意而常跑上海，偶尔见到塑料线带结成的小鱼虾十分可爱，她就好奇地买了一对回家，并将其拆开，研究其中的工艺。她拆开了又结回，结回又拆开地反复实践多次，终于学会了这门技术，于是一口气结成了20只。当时，朱田仙因为怀孕，不便于在市场上走动，就托舅妈丁凤珠带着试卖。"虾"一亮相，随即被一顾客抢着全要了，还问再有否。丁凤珠觉得这玩意如此好销，就接外甥女到自家，请她教会结"鱼虾"。结鱼虾是手工活，日产量有限，丁凤珠二人虽夜以继日地拼命干，却还是不够供应一个买主，于是就请来村中妇女帮忙。不久，一传十十传百，几乎全村妇女都干起了这一行业，并纷纷拿到廿三里老街去卖，时价每只1角，成本2分。

廿三里老街每逢集市，来往之人本就拥挤不堪，一下又增加了数十位卖鱼虾的人站在一堆，再加上更多的鸡毛换糖人围着抢买，竟一时造成了交通堵塞，不少"鱼虾"摊只能寻找更加空旷的地方摆摊。这些妇女结鱼虾，需要大量原料，供销社又经常断货，丁凤珠经人指点就直去兰溪批发，并以低于供销社的价格供应给村人加工，这一来，既方便了村人，又增加了自己的收入。树多成林，人多则兴，廿三里老街有了这群卖"鱼虾"的人变得更加热闹起来，这或许也算是廿三里山货市场的一个初胚吧。

无独有偶，有一种叫"纸蛇"的产品，在老街上也是极其畅销的"热门货"。

纸蛇是一种小玩具，小巧玲珑，形象逼真，便于携带，是鸡毛换糖担上最理想的一种工艺品，最早的发明人叫陈政。陈政是位非常聪明的人，市场上小鱼虾的畅销情境触动了他的灵感，为了改变当时家庭生活的困境，他也想做点类似的小玩具，不久，就发明了小纸蛇。

小纸蛇是用图画纸与白纸作主要原料做成的，既会摇头摆尾，又能盘旋自转，是小孩子最喜欢的小玩具，时价每条1角，成本不到2分。小纸蛇一上市试销，立即轰动了整个廿三里，好奇的围观人将陈政围得个水泄不通，鸡毛换糖者更是一哄而上，不一刻，就将试销产品卖得个精光，这使陈政兴奋至极，于是回家发动大小孩子们一起制作。

鲜奇的小纸蛇，鸡毛换糖者人见人爱，在糖担营业时，小儿都会叫喊着抢买，陈政一家八口不管怎么拼命地干，总是供不应求，而且买主们为了得到货，都以预付货款的形式与他交易。陈政一家无法应付众多顾客，只得按付款日期进行排队，有时，买主们要等候一个月之久，还是取不到货。小纸蛇出了大名，陈政也一时成了市场中的红人。

日子久了，开始有人模仿着学做纸蛇，不多久，便有十多人拿着小纸蛇，与卖鱼虾的人一起，站在老街中叫卖。此时，廿三里山货市已初具雏形。

廿三里老街上的故事，其实就是摆摊人的故事，从某种意义上来说，义乌现代商贸业的发展史就是一部义乌生意人拼搏奋斗的创业史。历史是人民书写的，然而老街上普通老百姓艰辛的生活，情感的经历又有多少能载入史册？我们只知道，在那一块块斑驳沧桑的老街石板之上，老街的先民们曾经怀揣着希望与梦想，用自己的勤劳与智慧，不屈不挠地与命运抗争，谱写了一曲曲裹挟在时代洪流之中的生命之歌。

（陈洪才　黄选）

鸡毛换糖闯天下

　　早在商朝时期，"商人"们就曾顺着商河而下，出海航行，把生意做到了海外。

　　据"兮甲盘"铭文记载，西周与南淮夷做买卖而设立了"互市"，这是中国历史上与其他民族或国家开展贸易活动而设立的市场，又称通关市或榷场。古代的互市大都在官府的控制之下，并由被称为"市监"的专职官员来监管。互市中以马市最为有名，马市是官府用金、银、帛、茶、盐等物与边境外的民族如突厥、回、满、蒙等换马的集。在清朝之前，互市主要设立在陆地边境。随着互市的不断繁荣壮大，到了清朝，开始在沿海地区也开辟了互市。

　　如今，鸡毛换糖的基因已经溶化在新一代商人的血液之中，原来以农为主的廿三里村的商人们，早已进化为胸怀天下的商人，他们有的在国内各地经商办厂，有的走出国门，欲与世界商贾一见高下。鸡毛换糖的历史证明，廿三里村人不管处在什么环境中，都没有克服不了的困难。

　　随着我国"一带一路"建设骤然升温，作为"新丝绸之路的起点"之一的义乌，扎根于此的商人们不断拓展海外市场、开辟进口市场、组建校企联盟、延长钢铁驼队……一幅幅动人心弦的丝绸之路画卷在世界各地不断上演。

　　在廿三里村的人们眼里，黄平的身上充满着传奇色彩。他是个执着而充满自信的追梦人，以他敏锐的把握能力和踏实的做事风格在商海成功扬帆；他以心性的执着、责任的担当、胸怀的包容、为人的从容、放足而行的胆略乃至超凡的想象力，成就了无怨无悔的丰盛人生。

　　1966年1月，黄平出生在廿三里的一户普通人家。清贫的生活，艰苦的环境，并没有使他意志消沉，反而铸就了他肯于吃苦，热爱劳动的品格。黄平和当时大多数的孩子一样，从读小学开始就跟着父亲参加农业劳动。他样样农活一学就会，脏活不嫌脏，累活不叫累，苦活不怕苦，而且为人耿直厚道，处事踏实诚恳，他的这种坚韧的品格，为他后来事业的成功打下了坚实的基础。

穷则思变。1983年下半年的一天，17岁的黄平高中辍学回家，不得不为生计而奔波。为此，他毅然选择到宁波背表带，每周两趟往返于义乌、萧山、宁波。虽然比较辛苦，但能从中赚点小钱，黄平的心里美滋滋的。这样的经历，为他今后的发展积累了经验。

随着廿三里老街商品交易日益兴旺，黄平很快嗅到了商机。他决定加入到摆地摊的行列，利用集市卖表带。那段时间，对于黄平来说是忙忙碌碌的，他仍然要隔三差五赶往宁波背表带，以保障货源的充足。从老街桥头到湖清门，从新马路到望江楼，几易其址，黄平一直与表带"打交道"，日积月累收获着创业的"第一桶金"。

后来，黄平也曾搞过头花加工，并在篁园市场经营起塑料制品生意。那时，他从广东揭阳厂家采购脸盆、水桶等塑料产品，再通过义乌小商品市场这一平台销往大江南北，干得风生水起。

1992年9月2日，这一天所发生的凶杀案，让黄平一度低迷消沉。那天，他的一名亲戚到稠州中路去拿货时，被歹徒谋财害命。自此，黄平不再去摆摊经营，只求过个安稳的日子。就这样，一直到了1993年的下半年，黄平选择到东阳开了一家托运部，主要是浙江东阳至山东临沂的两地货运专线。没想到，生意做得红红火火。

看着身边的伙伴相继"转型发展"，黄平决定和朋友合作到河南兰考开办一家棉纺厂。其实，那时他的想法也挺天真的：因兰考与山东菏泽交境，原材料棉花比较充足，利于收购且节省运费。2007年，企业正常启用的时候，却遇到一件令人措手不及的事：当地的员工一到小麦、花生收获的季节，居然不请假纷纷自行回家参加农事，导致流水线生产无法运行。负责管理的上海师傅按照企业要求，对员工进行扣钱处罚，却遭到当地员工的殴打。企业难以生存，棉纺厂办不下去，这样一来，造成企业直接亏损了几千万元，真可谓"血本无归"。

面对如此局面，黄平决定重新调整人生航向，另寻出路。2016年，黄平从各种渠道得知内蒙古锡林郭勒盟镶黄旗内矿产资源丰富，旗委、政府正准备将其打造成为锡盟地区重要的石油煤化工基地，允许企业主参与石油开采。黄平经过几番努力，终于取得一平方公里矿权。

　　都说石油开采是投资豪赌，此话不假。要挖一口井，就得投入二百万元左右的资金。倘若遇上旱井，即意味着"颗粒无收"。黄平表示，自己的这次投资可是"有惊无险"：第一口井开挖，就出现"喷涌而出"的效果，打了个漂亮的"翻身仗"。聊起以往的点滴记忆，黄平显得十分平静，因为他知道幸福都是靠自己奋斗出来的。

　　无独有偶，假如说黄平的故事讲述的是一个奋斗在国内的廿三里村人的精彩商业人生，那么，肩挑货郎担，从到摆地摊，再到办服装厂，然后走出国门，在非洲安哥拉创办建筑材料企业，最后转型打造新型农场，从廿三里老街走出去的义乌商人黄云丰的创业经历更是充满传奇色彩。

　　黄云丰是义乌市廿三里街道廿三里村人，从小过着吃不饱穿不暖、病了没钱医的贫穷生活。为了生计， 17岁那年，他跟着堂哥加入了敲糖换鸡毛大军。临行前堂哥对他说，敲糖这个生意是很苦的，苦的你无法想象，问他怕不怕。黄云丰坚定地回答说：不怕！于是自己东借西挪，凑了80元人民币，准备了一副敲糖的担子，买了一些棒棒糖、针线、钮扣、吹吹泡玩具等小商品，去了江西余干县石口镇，开始了鸡毛换糖的生涯。

　　回忆起那时候的经历，黄云丰说是"比要饭的叫花子还要可怜许多倍"。为了多换点鸡毛，他天没亮就挑着担子出门，从这个村赶到那一个村，很少有天黑之前回到住的地方。也几乎没有准时吃过一顿饭，因为吃饭的时间生意会好一些，实在饿了，就拿出随身带的玉米粉，向村民要点水来搅拌一下充饥。记得有一次，因为天太黑，黄云丰一个人找不到回住处的路，无奈之下，想在路过的小村子找个地方住下来，可是大冷天的，又是深更半夜，没有一户人家愿意开门，最后他只能在别人家能避风门外冻了一个晚上。

　　第二年，黄云丰开始到湖南、江西、福建一带摆地摊，这时候的条件要比鸡毛换糖好了，晚上也能住旅店了，饭也能准时吃了，赚钱也比鸡毛换糖多一些，但另外的麻烦也来了，那时候摆地摊的人都被当成是投机倒把，要天天躲工商管理员，和管理员捉迷藏。看到戴大盖帽的人来了，黄云丰马上把铺在地上的塑料布四个角一拎，往肩膀上一背迅速逃跑，这样的日子在湖南广西福建打游击一样地过了几年。黄云丰23岁那年，去了新疆乌鲁木齐做小商品生意，谁知刚到新疆就被当做投机倒把抓了起来。原因是工商所的人看到他卖的太阳镜包装上贴了ABC几个英文字母，就说这些是国外的东西，说他是走私犯。投机倒把和走私犯两个罪名一起扣到他头上，先是一番拳打脚踢，还威胁他说要判刑坐牢。这把黄云丰吓坏了，他只有一个劲地说好话，最后好说歹说罚款800元了事。新疆之行，他是分文无归，也算得上破产回家了。

　　幸运的是，不久之后，黄云丰在义乌新马路市场有了自己的摊位。最初从广东、福建石狮等地采购电子手表、电子钟、腰带、项链、戒指等小商品到义乌销售，后来又从江苏上海一带去采购针织手套、服装。

　　随着国家政策的逐步开放，黄云丰开始转型做实体，当时借了2000元人民币办起了服装加工厂。因为吃苦耐劳加之经营得当，生意越做越大。他开始租厂房，买设备，产品质量也慢慢地提高，注册了商标，发展成为"老人头服饰公司"，并一跃成为行业龙头企业。经过10多年的奋斗，老人头服饰公司立足义乌、接轨上海、连通巴黎，各式服装品牌畅销欧美。到了21世纪初，国内服装生意出现了萧条迹象，品牌优势在渐渐淡化。黄云丰想趁企业还有活力时走出国门发展。在赴世界各地考察的过程中，他最后发现了安哥拉这片战后正待开发的热土。当时安哥拉刚结束长达27年的内战，百废待兴，急需大量的人力、物力来支援建设。安哥拉出台了支持外企入驻的许多政策，尤其欢迎中国企业加盟。

　　2003年，黄云丰走出国门，成了一名幸运者。初到尼日利亚，后来转到安哥拉，语言不通，就说"哑语"，打手势。有时候，他全身都动起来了，对方也理解不了他的意思，后来，他干脆请了一名翻译。经过断断续续两年时间的考察和筹备，他在安哥拉先后创办了石棉瓦厂、涂料厂、彩瓦厂等建筑材料企业，从国内浙江、山东、江苏、安徽等地采购原料或者半成品，运到安哥拉生产成品后销售。企业实行滚动发展，一个厂赚了钱，办第二个。第二个赚了钱，办第三个。企业像滚雪球一样越滚越大，快速成为系列化生产经营企业。到2013年，他办起了防盗门厂、彩钢瓦厂、PVC扣板厂、床垫厂等16个工厂，他把公司命名为"幸运人集团"。

安哥拉生意的确好做，但治安形势不是一般的差。安哥拉本国公民都可以拥有枪支，因此枪击案件时有发生。安哥拉约有30多万中国人，他们勤劳创业，积累了大量的财富。因此，中国公司和中国人是犯罪团伙抢劫的主要目标。大部分中国公司及个体商人，都会雇佣当地的一两名保安。保安，有时其实也不可靠，他们会抢老板的东西，然后逃走。但不请保安，更加不可靠，黄云丰的建材公司就请了16名保安。

在安哥拉，货币兑换也是一个大问题。2014年前，安哥拉宽扎与人民币兑换数量不限，一年后，两者之间兑换受到严格控制。黄云丰的货币有一半通过安哥拉国家银行转到中国银行结汇，然后转入开户行。因为有最高限制，剩下的只能走其他的通道。国家银行200宽扎兑换1美元，地下钱庄则是400宽扎兑换1美元。

在安哥拉，疟疾、登革热是另一个大问题。在安哥拉工作和生活，得疟疾和登革热的概率很高。2016年，黄云丰曾得过四次疟疾，一次登革热，幸好治疗及时，没有出现严重的后果。

后来，黄云丰发现，安哥拉的粮食常年依赖进口，光粮食进口一项每年就要50亿美金，所以农业问题一直受到安哥拉政府的高度重视。在经商办厂之余，黄云丰经常思考一个问题：安哥拉可耕种的3500万公顷土地如果全部种植粮食，按照亩产500公斤计算，可以生产粮食2.5亿吨。以农业为基础的食品加工、养殖业如果得到很好的发展，农业就会发展成一个产值超过1500亿美元的大产业。运用现代科学技术，助力破解粮食短缺难题，应该不是个大问题。为此，他组建了一个专家团队，进行了大量的调查研究，将木薯种植和加工作为"幸运人集团"今后发展的战略。他的设想得到了安哥拉政府的大力支持。2016年3月9日，安哥拉农业部第一副部长接见了他，对他打造巨型农场的计划非常赞赏，认为此计划可推动农业大发展，大力解决民生问题。

安哥拉地域辽阔，气候适宜，土壤肥沃，有10万公顷的土地可以连片耕种。在农业部的支持下，黄云丰在马兰热省东北方向100多公里的一个叫卡翁博的地方，找到了一个理想区域。马兰热省省长诺贝尔托·多斯桑托斯请他到办公室，就土地等事项进行了落实部署。

于是，黄云丰把10万公顷土地承包了下来。2016年5月，如火如荼的开荒工程在满是数米高杂草的荒原上启动，平整土地、引水修路，甚至天黑就睡在车上。他把农场取名为"登盈农场"。农场除了主打玉米、水稻、大豆、木薯粮食作物外，还种了2万余亩的水果，有荔枝、桂圆、番石榴、火龙果、沙糖橘、金橘、橙子、台湾青枣、沃柑、柠檬、香蕉、无核黄皮、百香果、莲雾、沙田柚、西瓜、甘蔗等30多个品种。整个农场开发面积已经超过18万亩。除草、播种、施肥、喷灌、收割、粮食加工等等，全部实现了机械化。登盈农场建成以来，已带动当地500多人就业，产粮4万吨。按照2020年雨季的播种量，2021年粮食产量将超过4万吨。10万公顷土地全部开发后，年粮食总产量将达40万～50万吨。已开发的30万亩农场横跨30多公里，黄云丰每隔两天去农场巡场一次。早晨开车出门转一趟，回到办公室已天黑。

马兰热省省长曾率省政府100多人组成的考察团到农场考察。他们看到长势喜人的木薯，对登盈农场的高效表示赞赏，并承诺省政府会给予一如既往的大力支持。安哥拉总统洛伦索、安哥拉副总统德索萨等先后考察了幸运人集团。副总统德索萨在详细听取了登盈农场的整体运营、开发规模、农业技术和下一步的种植计划后，感到非常满意，对登盈农场种植的农产品给予了高度的赞赏。

与此同时，黄云丰启动了玉米粉、大米、木薯粉深加工厂项目。2017年5月8日，在安哥拉首都罗安达"幸运人集团工业园"内，投资2400万人民币，启动建设了食用玉米粉、大米以及木薯粉商品化生产全自动流水线。还启动了养鱼、养牛等畜牧产业计划。他的目标是：除了吃饱饭，还要让安哥拉人民大口吃上肉。

2018年10月底，黄云丰前往湖南长沙拜访了"中国杂交水稻之父"袁隆平，两人相谈甚欢。袁隆平院士对中国杂交水稻走进非洲很感兴趣，他说他很钦佩中国的企业家能够在非洲这样充满挑战的环境下发展农业。为了响应国家号召，支持"一带一路"的合作倡议，袁隆平农业高科技股份有限公司将不遗余力地支持幸运人集团在安哥拉的发展。袁院士还为幸运人集团题词"发展杂交稻，幸运安哥拉"。2019年6月28日，幸运人集团与袁氏种业高科有限公司正式签约，将在农业科技领域进行全方位的战略合作，共同在非洲安哥拉建立中国杂交水稻生产育种基地，促进安哥拉粮食产业的发展，助力当地实现粮食自给自足。同年8月，黄云丰与安哥拉粮油进口公司签署战略合作协议，当地政府将收购农场的粮食作为国家储备粮，以解决粮食进口、稳定物价和赈灾等需求。黄云丰说："余生就是为安哥拉种粮，我要打造非洲最大的农场。"

2020年9月10日，幸运人阳光小学落成，黄云丰把钥匙交到当地负责人手中。"尽可能多让一个孩子读上书。"这是继种粮后他在安哥拉的另一个梦想：给农场当地每个村建一所小学，争取从马兰热一路建到首都罗安达。目前黄云丰正在努力筹措基金。

在安哥拉多年，黄云丰从总统到平民都建立了不凡的关系，事业也还比较顺利，但他从没想到过要移民。他说，他是一名中共党员，无论人在何方，无论在哪个国度，他的心永远在中国，在家乡。这些年，他每年都会拿出利润的一部分用来回报社会，赞助当地孤儿院，救助一些需要救助的人。2019年，他又设立了一个安哥拉幸运人慈善基金会，让更多的人受到帮助。黄云丰计划用6年时间，投入12亿人民币以上，完成150多万亩的种植面积，把登盈农场建设成为非洲最大的农场。义乌小商品价廉物美，在当地非常受欢迎。他在安哥拉首都罗安达的工厂原材料都是从义乌及周边地区进的货，每年都有大量的原材料运往安哥拉。他的愿景是，通过登盈农场，推动农业大开发，为义乌小商品进入安哥拉、进入非洲开辟新的"桥头堡"，更要为非洲还没有吃饱饭的人解决温饱问题。黄云丰现在还担任着金华市政协委员、金华婺商总会副会长、世界义商总会常务副会长、安哥拉浙江侨商总会会长、浙江省金华贸易促进会驻安哥拉首席代表等职务。他说，让两地资源共享，携手安哥拉侨商一同报效桑梓是他的职责所在。

我们关于经商往往都有这样的老话："要经商，走四方""生意人，闯天下"。对于黄平、黄云丰他们这些从廿三里村中走出的义乌商人来说，"四方"和"天下"不仅仅只局限于本地，局限于中国。在他们眼里，哪里有市场，哪里就是他们大展拳脚的"天下"。

市场没有国界地域的分别，也没有民族人种的差异，他们就如同统领千军万马的将帅，一旦发现商机，就会预判市场的趋势，抢得先机，打响商场大捷的第一枪。同时他们还会凭借着毫不畏惧的勇气、非凡过人的智慧、敢于超越的气魄，去适应、去拼搏、去创造。他们胸怀天下，无畏无惧，最终得以尽情地遨游在崭新的商海之中。或许，这就是从久远的廿三里缕缕商踪之中走出的永不消逝的商魂吧。

（潘爱娟　王锦豪）

廿三里"高"字门

摄影/金福根

古建有魂 大美无声

　　古建筑是凝固的历史，一段时期的建筑最能体现一代人的工艺水平与生活水准；古建筑是流动的音乐，它彰显建造者的风格旨趣，刻录能工巧匠的掌纹印记，也镌写下后代居住时点滴光阴痕迹……隔着悠远的时光，在古建筑里游走，品味前人一斧一凿的绵密心思，一花一草的殷殷寄寓。廿三里老街星罗棋布的古建与古桥，彰显的是它们的灵魂所在：天赋其质，内蕴大美。这些历史遗珍，这些乡土印记，让人记起一段从前走过的路，听过的雨，以及唱过的那首"摇啊摇，摇到外婆桥"的童谣，从而活泛了沉积已久几乎要遗忘了的温暖记忆。

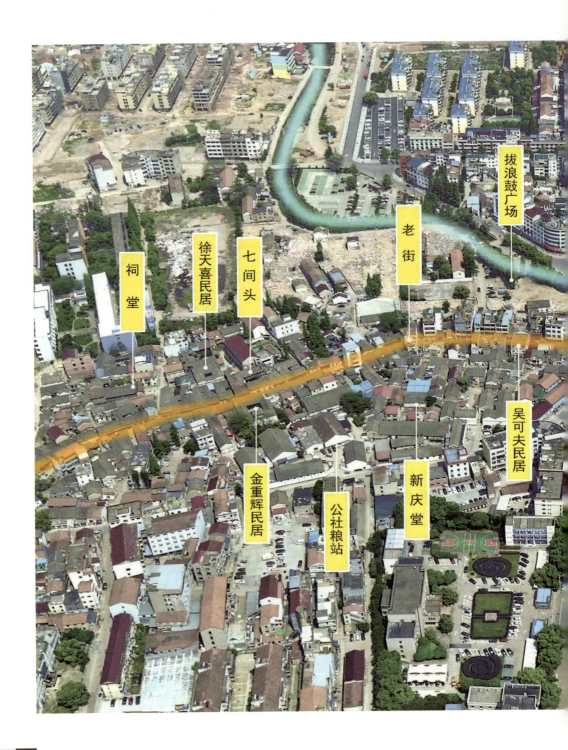

拔浪鼓广场

老 街

祠 堂

徐天喜民居

七间头

吴可夫民居

金重辉民居

公社粮站

新庆堂

盘溪

新厅民居

振兴堂

廿三里小学

晒谷场

停车场

廿三里老街古
建筑群鸟瞰图
摄影/吴贵明
制图/何浩

麟祥凤瑞振兴堂

　　廿三里老街,曾是到永康、丽水和杭州、绍兴的必经陆路。明清民国时期,这里商埠林立,人来人往,老街也成为义乌东门的繁华之地。廿三里老街四周,至今仍保存着许多明清时期的精美古建筑,振兴堂就是其中的翘楚。

　　振兴堂位于廿三里前店自然村59号,为黄氏家族的产业。据2014年维修旧厅时描述:振兴堂由明崇祯十二年(1639)义乌县城朝阳门迁往廿三里居住的黄氏先祖黄尚柱所建。该建筑坐北朝南,由前、中、后三进两厢组成,前后两进房屋均已倒塌,仅存正厅三间,占地113.26平方米。

　　《义乌洞门黄氏族谱》记载:前店始迁祖黄公惟宠,字元锡,生于明嘉靖二十七年(1548),卒于万历十九年(1591),娶宗氏,生三子:尚栋公、尚柱公、尚模公;继娶陈氏,生二子,尚桢公、尚枢公……。"尚柱,字仲国,号寅东,由例授,任山东胶州吏目,升德府典仪,砥砺躬行,匡维古道,敦友于之好,不减姜氏大被之风,笃亲爱之仁,实有伯道保孤之谊,筮仕东胶,无玷官箴,耄耋林泉,啧誉乡曲。"族谱记载前店黄氏皆为尚柱公裔孙,其他几位二世祖并无下传,疑为迁居官职所在地。尚柱公是一位承前启后的二世祖,生四子,并建起了规模宏大的振兴堂。

　　振兴堂粉墙黛瓦,庄严肃穆,气势恢宏。前进大台门门头砖雕中嵌青石,上书"南极呈祥"。推开沉重的木门,穿过空旷的天井,就是重修前的三间正厅。现在看到的正厅为敞开厅,明间四柱十檩五架抬梁,次间用中柱穿斗式,檩下刻有"七狮戏珠"图案。在雕工上,有明式建筑的端倪,格扇窗、隔扇门都以传统的植物和简单的几何纹为主题,雕工却是纤巧明细。虽经多年,各种纹饰保存完好,特别是牛腿、梁横枋

振兴堂
摄影/金福根

依然坚实。前檐廊贯穿辟龙虎门，门额上刻有"麟祥凤彩""兰馨桂茂"八字，东西厢房因为年久失修，已经倒塌，现在看到的是2014年新修的厅堂，里面还住着两户黄姓后裔。西厢房现已全部腾空，原住户旧村改造时另建了新房，老屋归村集体所有。

振兴堂原总建筑面积944平方米，遗憾的是，目前村里的老人们也只是对现存的正厅和解放初期倒塌的一进房屋有些微记忆。据现年91岁的黄鹄老人回忆，每逢过年过节，宗族祭祖、族宴、续谱等礼制活动都在振兴堂举行。大年初一，大人小孩都要到挂着黄姓五代祖先容像的堂屋拜太公，祖先容像前的桌子上摆着鸡鸭鱼肉，小到特色小吃，大到十六汇签，什么都有。去拜过太公上过香的黄姓后裔按性别分馒头，男丁每人9个，女性每人3个，小学毕业的加倍，初中毕业又加9个，依次类推。黄姓家族有三丘公田，按户轮种，清明节分肉碗由种田户所纳，即把拜祀过先人的胙肉分给族内的男丁，俗称"太公分猪肉——人人有份"。分肉碗对应过年分馒头的标准，只是分肉碗年满60岁的老人和每个房头的理事、保长也要加倍。几年前重修祠堂时，振兴堂后墙上还贴着宽大的油印捷报，这些粉色的捷报上写着黄氏学子的荣誉，年节就以这些荣誉来发放馒头、胙肉等奖品。

从尚柱公始，前店历经六世，出"公常太公"人汉公、人洸公，遂"大启而宇，长发其祥"。到民国时，前店周围一两里路几乎全是黄姓太公的田地，农忙时节，人洸公请人雇来天台、磐安的农民收割稻谷，当这些雇佣人员问东家到哪里割稻时，东家的一句"你想割哪里就割哪里"让他们惊讶不已。

时光流逝，岁月如梭。原在振兴堂居住的黄姓族人因人口增迁或为官迁居。先是建筑的后进被大火烧毁，后来一进和两边的厢房也在风雨侵蚀中倒塌，到最后仅剩面阔三间的中厅。为保护祖先留下的遗产，2014年8月，廿三里村会同上级有关部门对其进行了维修，因原来后进的位置已经批给村民建房无法还原，此次只是维修了前、中两进及东西厢房，重修后的振兴堂占地面积为700余平方，主体建筑保存了明代的建筑风格。

2016年6月，振兴堂被公布为义乌市级文物保护单位。被列为文保单位的振兴堂，一定能如家谱中所写那样"长发其祥"。

（潘爱娟）

光影流年记新厅

离武溪街不远，廿三里街道前店村的村中心有一幢古建筑，当地人称为新厅。新厅为清朝建筑，据当地黄氏后人黄文跃查家谱推断，此地曾有一座更古老的厅堂，原由黄家六世祖人洸公建于乾隆年间，因火灾损毁，后人重建于光绪年间，新厅由此得名。如今，当时重建的新厅已风雨飘摇历时百余年。

新厅坐北朝南，总占地面积107.24平方米。原有前中后三进二厢组成。现仅存正厅，其余皆毁。正厅二层双重檐，面阔三间敞开开，明间四柱七檩，底层厅堂抬梁结构，二层及次间穿斗式。古建筑雕梁画栋，远观近瞧各有佳处。

新厅前檐施牛腿出挑，刻有"神话人物"。这一对牛腿体裁相似，体量相当，乍一看并无分别，但细瞧就会发现一些端倪。左右牛腿的神话人物与马骑雕刻工艺大相径庭。左边人物面目清晰，体态丰满，马也英姿飒然，雄健有力；而右边的工艺较为草率，人物模糊，马腿细瘦生硬。也只有在长年生活于其下的黄氏后人点拨下，才能发现其中的些微差异。大约在当时，请的是两班雕花师傅，故工艺水平各有参差。

新厅明间后檐置屏门。屏门上施槅扇窗，为二抹头制。木棂子以万字纹、回纹间隔，扇底木雕阳雕花草，其中梅、兰、竹、菊雕刻最为精湛。枝叶婆娑，叶脉灵动。前檐廊贯穿辟龙虎门，门以大青石凿建，门额上施书券，左刻"国恩"右刻"家庆"字样，体现黄氏先人们家国天下的情怀。

说起"国恩"，不得不提起朱氏太婆的青石贞节牌坊。牌坊原位于新厅正前方十余米处，建于乾隆三十八年间。清嘉庆《义乌县志·列女》载："朱氏，黄铭武妻。年二十七守节，乾隆三十八旌。"据载，此牌坊为皇帝下旨，地方财政斥资所建，属较高等级的恩荣牌坊。牌坊

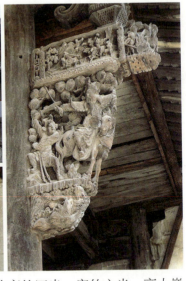

新厅
摄影/李永

为三间四柱明楼式，青石材质。牌坊体高约四米，宽约六米，高大巍峨，气势磅礴。牌坊顶置石质大元宝。明间正中为巨大石匾。石匾镂空，雕云纹四爪蟠龙。龙头下阳刻楷体"荣恩"。左右一对石宝瓶葫芦。牌坊体制雄伟，朱氏太婆的事迹也为四方称颂一时。惜乎，经历二百年风雨，20世纪六七十年代因为破"四旧"被拆除。如今，弹指半个世纪过去，此地空余一方地基，黄氏后人黄文跃精心收藏下来的破石残碑尘封已久。

新厅被义乌市博物馆颁布为"历史建筑"，与明代的"振兴堂"一起，作为古建筑重点保护单位进行保护。倘能加以精心保护细细修缮，老建筑不日定将重焕光彩。

前店村人黄文跃曾用心考证过前店村新厅及贞节牌坊。在他看来，作为黄家后人，自己肩负着考证新厅及贞节牌坊的责任与使命，故费时颇多，不厌其烦，史海钩沉，细敲细推，小心求证，让历史浮出水面，让史料长存于世间。此举让人心存感念。

回望新厅，廊庑倾圮，小屋斜搭。有老人在门前淘米生火，炊烟已然四起，弥漫着浓浓的人间烟火气。对于老宅新厅，这也是一种生意满满的欢喜。

（卢圣爱）

无可觅处九间头

　　廿三里的草湖塘村，如果单从字面来想象，那便是一个小村，村有塘，池塘上水草丰沛，草色芊芊，于是村以塘名，一塘一景一村名——草湖塘。季节的轮换在这样的村子里似乎了无关碍，即便是冬天，听着这样的名字，也有春色扑面的感觉，所谓"池塘生春草"。

　　如今的草湖塘村早已是一个高楼林立的新村，即便是有塘，怕也只是一眼小塘了。草湖塘村九间头民居曾经颇具声名。

　　九间头民居原位于廿三里街道草湖塘村9号。该建筑坐西南朝东北，总占地面积185.12平方米，系前廊式天井院墙建筑，布局呈三合院式。据陈家后人说，这座由陈宜庆太公建造的九间头应落成于嘉庆甲子

九间头
摄影/金福根

至道光丙午年间，已有200余年的历史。两个世纪的光阴，不可谓不长。建成时瞩目一方的建筑毕竟已经呈现老态。《义乌文物图集》一书中注释："斗墙局部已毁。正厅二层双重檐面阔五间，明次间敞开为厅堂，梢间厢房，明间四柱七檩，底层厅堂为抬梁式，次梢间用中柱穿斗式，前檐施牛腿刻有狮子图案，前檐廊贯穿辟龙虎门。两厢房按轴对称各二间，穿斗式。"

九间头民居如今只剩下一片散乱的构件，一座恢宏的古建被隐在历史的尘埃中。手持竹节钢鞭威风凛凛的尉迟恭，曾作为古建最精华的撑拱部分，高居在梁下，守护着一家老小的平安；神话雕刻的人物面目模糊，但一定有着慈爱祥和的面容；寓意福在眼前的精美青石板石雕，曾经在照壁上承载着家人来往充满希望的目光；精巧的螭龙纹雀替，应在柱与额枋间。据陈大荣老人介绍，九间头，光是雕花，就整整花了360个工夫呢！老人口口相传的历史应该不会有错，难怪雕工如此精美，如此繁复，承载了陈家太公一生的希望和梦想。历史掩去太多风尘，而这些，对于滔如长河巨浪的历史洪流，不过是如尘土般微小的事物而已。

无可觅处的九间头，曾是草湖塘村的骄傲，如今，渐行渐远，消失在历史的茫茫烟云之中。

（卢圣爱）

旧巷深处新庆堂

走过一条长长的旧巷子，转过几树粗壮的苦楝树，一座高大的古建筑便凸显在廿三里街道桥头门2号正对面。在这一片曾经繁华的古村落中心，古建筑群原本非常完整，但因为20世纪六七十年代，拆的拆，毁的毁，几乎消失殆尽。比如占地广阔，体量庞大的朱家祠堂早已重建变身为砖瓦水泥结构的粮管所。于是原先并不怎样突出的新庆堂，因为幸存而成为这一带古建筑的精华。

新庆堂是清代建筑，坐西朝东，总占地面138.32平方米，由前中后三进二厢组成，现仅存正厅一座。在义乌市第三次全国文物普查登录时，它被定名为历史文化建筑，从而得以妥善保护。缓缓打开紧闭的铁栅门，新庆堂便完整无遗地呈现眼前。正厅是面阔三间敞开厅，明间四柱七檩五架抬梁，次间用中柱穿斗式。构建十分简洁明了，一座清代的建筑，经历了火灾而后重建的宅子，被岁月风尘淹没而又重彩修缮一新。新庆堂曾于1989年重修并重制新匾，新匾红漆，上面饱墨浓书"新庆堂"三字。字体略清瘦，结构严谨，显得端庄稳重。堂下廊柱尽用朱色的髹漆，让这始于200多年前的古建焕发新颜，恍然是新庆堂初落成时的模样，有着神采奕奕的光辉，让人心情明朗。

新庆堂的前檐设船篷轩，施牛腿出挑，明间一对牛腿刻有"神话人物"。这些人物取材于本地喜闻乐见的传说，镂空雕刻的工艺精美，人物呼之欲出，便是胯下的双马也是栩栩如生，久望似有嘶鸣声隐隐从天而降。次间一对牛腿深雕"丹凤朝阳"及"锦鸡牡丹"。雕刻布景别致，花朵繁茂。这雕刻的体裁应景，也是合着新庆堂坐西朝东的建制，有旭日东升的寓意。新庆堂的檩下刻有繁复而美丽的云纹，中间是"双狮戏珠"的图案。狮子活泼生动，所滚的绣球满雕了钱眼，显得喜气洋

新庆堂
摄影/李永

洋。好的木雕就是这样，即便是小节也绝不苟且，整幅图案因之造型生动，极具观赏性。堂的前檐廊贯穿辟龙虎门，墙面都绘上色彩明丽的工笔彩画，寿星图、牡丹图、山茶图等等不一而足。整个堂由于这些点缀，显得富丽堂皇。这隐在陋巷深处的新庆堂将旧色的小巷添了不少亮色。

　　新庆堂为朱家太公所建，原是用于朱家聚会办事的地方，族里有大事，也会在此进行聚议。遥想从前，人来人往，大家族人丁兴旺，在新庆堂里议事聚会断事明理，是何等的繁荣气象。如今却空了下来，成为堆积杂物的地方。新庆堂还贮藏着村里春节所迎的龙灯。想着正月新春，堂内明烛高燃，龙头上灯光璀璨，威风凛凛。

　　新庆堂后院空着一方平整的洋灰地地基，据介绍是从前新庆堂二进的遗址。如今新庆堂的二进三进早已不知所往，唯留着空地基与老石板让人追思遐想。

（卢圣爱）

庭院深深七间头

　　廿三里老街90号，有两扇黑色的老木门。木门常年不开，不知门内深掩着怎样的人家。但如果往前几步，打开一扇被风雨侵蚀得木纹毕显的小窄木门，穿过一条带着灶台烟火气的阴暗长廊，你会发现眼前豁然开朗——一个深秀的小院落，一栋雕梁画栋的古建瞬间呈现在你的眼前。

　　一墙之隔是老街从前的喧嚣，一院之内是居家过日子的宁静。这便是廿三里出名的"金永和"火腿商号主人金重辉与其父亲共同建造的清代古民居，俗称七间头。据村里人介绍，这老宅，至少有百余年了。义乌古建筑史料载："老街七间头民居"条："廿三里街道老街90号·清，建筑坐东北朝西南，总占地面积208.89平方米，布局呈三合院式。斗墙及右侧厢房已毁。"

　　从小门进，廊子尽头得走上两步石台阶，像是老建筑中常寓意的"平步青云"。廊下伫立，三合院古建的内部结构一览无余。堂楼是二层双重檐，正面阔五间，明间敞开为厅堂，次梢间厢房，五柱七檩穿斗式建制。梁枋坚固，满雕回纹祥云、香花瑞草。檐下斗拱交错，雀替雕花繁复。前檐施牛腿出挑，上端刻有历史及神话人物，雕刻的人物衣带分明，举止从容，下首刻有狮子滚球、鹿衔灵芝等吉祥图案。厅堂明间有隔扇门六扇，厢房有格扇窗四扇，隔扇门窗顶俱施卷草透雕横批窗。横梁为巨大的冬瓜梁，冬瓜梁上雕有灵动的兰叶花草与人物，给人以精致典雅之感。檐檩亦是满雕卷草纹，卷草纹中间饰有仙鹤梅花图。雕刻手法以镂空雕为主，工艺精湛。点睛之笔是牛腿上的一对狮子，透雕、镂空雕、圆雕、浮雕各种手法相结合，雕工娴熟，狮子昂首梁上，巨爪有力，螺髻分明，毛发历历分明，表情栩栩如生，日日守护着宅落里的主人。

古建的精华在于雕花工艺。这里的门楣梁檩无处不雕花。左右格扇窗下均施浮雕花板，左有荷花、花篮、阴阳板、宝剑，右有葫芦、团扇、鱼鼓、横笛，俗称暗八仙。门窗两扇对开，格心饰以万字间隔戴胜纹的棂条。裙板雕有渔樵问答、姜太公钓鱼等神话历史人物画。正门有一对狮头衔环的铜把手，因长年被双手摩挲，已经光滑锃亮，显出熠熠光彩。满雕的花草、精美的构建，体现了建造者对于宅第寄予的期许与厚望。据说，当年金重辉的母亲坐在廊下，不仅可以欣赏精美雕饰，一抬头又可以望见对面的商铺，火腿铺上的生意情况了然于胸。亦商亦居，一代商号的兴起，背后也有上一代老人日复一日兢兢业业的守望。

新中国成立后，这里曾是廿三里税务所、供销社、信用社所在地。20世纪90年代末，一位黄姓村民买了作住房。所幸古建保存较完好，大致是原先模样。只是明间因改造成移门，与古建格局稍违，遗憾的是原先的一些精美的花雕已经零落他乡。

院子里植满了花草，一棵老桂花树满绽了银桂，香飘院落。整个院子弥漫着古老悠远的气息。绿意滋润了庭院，让深幽的宅院有了生机，古建的沧桑感略减。大约，百余年前的七间头老宅就是现时这样一种光景吧。

（卢圣爱）

七间头
摄影/李永　潘爱娟

明珠蒙尘楼下厅

牛腿
摄影/金福根

　　位于廿三里街道桥头门巷2号斜对面的楼下厅，建筑坐西朝东，面阔三间，建筑面积约100余平方米。明次间均已被后期新彻的墙所封，只余三小门进入。三门紧锁，可从侧门进入次间。

　　楼下厅是抬梁式架构。前后檐柱承托四椽栿，栿上再立二童柱承托平梁。这样的架构是古建中常见的，不常见的是这些檩、枋、垫板之间，均施有透雕回纹花草。雕刻简洁有力，线条自然、布局得当，一看就不是出自凡手。明间与次间用长达4米的巨大冬瓜梁抬起，梁上施双面透雕瑞草纹。隔断用一排隔扇门，隔心棂条呈回纹，布局回环反复而精巧，上有透雕祥花瑞草祥云。

敞开厅前檐部分被后建的土墙所堵。移步廊下，每一细节都精心布局，人物故事构图丰满，人物形象灵动。两柱对饰大幅透雕花草。花叶扶疏，枝条舒展，似兰似芷。据说这是清代雕刻名匠朱金宝的作品。他的雕刻技艺不仅在义乌一带家喻户晓，即便是东南亚、南洋，也多有人来请他雕刻。当时真当是声名在外，首屈一指。

前檐廊贯穿辟龙虎门，两门均以大青石凿成，门额上施石书券，左门上刻"光前"，右门上刻"裕后"。字体遒劲，功力不凡。"光前裕后"，出自宋·王应麟《三字经》："扬名声，显父母；光于前，裕于后。"为祖先争光，为后代造福寓意。此宅建造的朱家太公可谓胸襟不凡。

朱家太公对于子孙后代的学业非常注重。家族之中，只要肯读书能读书，束脩费用皆都由朱太公来支付。朱太公在奖掖后人方面做得这般突出，难怪后代子孙多有大成就者。

楼下厅，以这般精美的木雕工艺而埋尘有年，实在令人扼腕。如能细加修缮保护，去其积尘，扶其将倾，则楼下厅又当是一颗熠熠生辉的古建明珠。

（卢圣爱）

"竺钦仙"与洋桥

　　义乌廿三里有一句俗语："三桥有一庙"，不知说的是桥多，还是庙广。在廿三里老街的上街头，有一高一低、一宽一窄的两座钢筋水泥桥，两桥并排而建，宽的为平桥，窄的为拱形桥，村里的人都把拱形桥叫做"洋桥"。洋桥桥面由水泥和碎石混合而成，托举桥面的是一根根水泥浇灌的桥墩，桥的两侧设栏杆，用的是粗壮的实心铁管，它是廿三里镇最早用钢筋水泥作为建筑材料的桥梁。据今年89岁的徐炳炉老人回忆，他很小的时候，这座桥已经立在那里。依此推算，洋桥至少有八九十年历史。在20世纪30年代的乡镇，这样精致的桥梁实属罕见。

　　修桥铺路是人们积德行善的方式之一，每座桥都演绎着温馨动人的故事。说起"洋桥"，村民们总是会情不自禁地提起一个名叫何菁的人，说起当年他为建"洋桥"作出的贡献。

　　何菁，字竺钦，人称竺钦先生，乡亲们则尊称他为"竺钦仙"。清光绪八年（1882）农历六月初十出生在廿三里陶店村，他的一生经历了清末、民国、新中国三个历史时期。何菁16岁时考中秀才，适逢新式的学堂兴起，于是他又先后考进官办的浙江省皇府中学和浙江省官立二级师范学堂，当时的校长是著名的爱国人士沈钧儒，而鲁迅是教博物的教师。由于何菁学习刻苦，成绩均名列前茅，毕业时被列入了优等生名

洋桥
摄影/李永

录。之后他被多所中学聘为教师，在任教期间因为知识渊博，认真负责而深得学生爱戴。同时他还时常把节省的钱资助优秀的就读学生，吴山民、黄绍雄等皆受其恩惠。民国九年（1920）后，为照顾家庭，他回到离家较近的东阳中学任教。

民国十一年（1922）暑假，东阳、义乌一带大雨连天，导致山洪暴发，义乌多地成水乡泽国。何菁写了《义乌壬戌水灾概况》一文，以一位地理学者特有的敏感对洪灾进行了详尽的叙述。民国十三年（1924），他被义乌县政府任命为首任教育局长，那时义乌还没有初级中学，他立即开始筹办义乌第一所初级中学。民国十八年（1929），他接受时任定海县县长的学生吴山民邀请，担任了吴山民的秘书，并兼任民政局长。不久，他返回义乌，担任了廿三里镇镇长。

廿三里自古繁华，是义乌的商业重镇。旧时，廿三里老街是通往东阳、永康、诸暨等地的交通要道，周边往南向下可去东阳、永康，往西而行可达杭州、上海，是商贩必由之路。当年永康方岩的胡公影响力极其广泛，每年农历八月十三胡公生日，方圆百里的游人和香客都会成群结队地赶往永康参加方岩庙会，廿三里也是诸暨、杭州等地的香客必经之地，再加上附近一些村民去往苏溪、大陈赶集，早晚高峰期，老街前溪上的独木桥前就会排起长长的队伍。为了方便百姓出行，时任廿三里镇长的何菁拿出多年积蓄，个人出巨资并联络了当地的部分乡绅，捐建了钢筋水泥的廿三里渔溪桥，因当年老百姓还不知道水泥为何物，只知道这是从外国进口的洋货，桥造好后，人们就一直称它为洋桥。

除了捐建洋桥，何菁还带头集资组建苏念人力车股份有限公司，发起兴建了廿三里通苏溪的人力车道。他还开办过廿三里首家洋灰店，商号利济。无论是为官还是为文或是从商，哪一行都干得风生水起。

新中国成立后，何菁曾担任过多年的县政协委员，为社会主义建设献言献策，晚年，他又撰写了《汉书古字及诗经假借字说明》、《义乌方言杂录》以及诗词集《淇园芜草》等著作。

如今，牵头修建洋桥的"竺钦仙"早已远去，而修桥人的善良与真情却如同前溪之水永不停息地流淌，流进了一代又一代廿三里人的心里。

（潘爱娟）

寂寞继悦桥

　　位于老街一号正前方的石桥建于民国，名为"继悦桥"。继悦桥为单孔石拱桥，桥全长8.9米，桥面宽2.7米，拱券用八根条石并列支撑，净跨7.1米，矢高2.6米。桥的南北落坡于两旁道路持平，桥拱券石上阴刻楷书"继悦桥"。旁刻建造纪年等字样。继悦桥建造纪年确凿，构造结实牢固，保存相当完好。拱桥弧线圆满，造型素朴。近百年光阴逝去，任洪水冲刷，风雨摧袭，石板纹丝未动，桥身坚固如初。继悦石桥的跨径大，年代久，在艺术上和结构上都具有较高的成就，匠心独具，是义乌近代单拱石桥建筑的代表，也是民间巧匠们智慧与心血的结晶。

　　近年来，由于交通运输业的快速发展，周边道路建造加宽，其他现代化大桥的陆续建成，继悦桥已经不再承担廿三里街道主要的通行任务。如今石桥隐身于道旁林木高大的树丛里。前溪水浅缓，波澜不起，行人也日趋减少。如不加以仔细搜寻，很容易就错过了。

　　一座桥承载了近一个世纪行人的匆匆脚步，听惯了无数归去来兮的拨浪鼓声声，终于沉寂了下来。

　　绿叶婆娑着筛下几缕阳光在桥头，一阵阵蝉声嘶鸣穿破光阴的宁静，一座古桥瞬间就有了生命的喜悦。

（卢圣爱）

继悦桥
摄影/金福根

金重辉民居

在义乌廿三里一带，提起金重辉民居，可谓无人不知，无家不晓。民居位于廿三里街道老街107号，由民国时期廿三里著名火腿商号"金永和"老板金重辉建造。

这是一座前后二进两厢连弄堂的回廊式建筑，是廿三里老街唯一的一幢木结构三层楼。建筑坐西朝东，总占地面积416.38平方米，前店后堂结构。前面沿街一共有五间，居中三间为临街店面，用六都青石门面，上木排门，为当年金永和火腿商号的门店。店铺左右是仓库，楼上用于家居。前进门楼二层，穿抬混合结构，明间敞开当过路间，辟随墙式石库门，内侧门上原刻有四字，后遭凿毁，只留下模糊不清的痕迹。次间用板壁隔断。后檐设廊，廊柱施牛腿支承檐檩。后进为正厅，正厅三间楼下厅，两侧夹屋各一间。明、次间底层敞开为厅堂，梢间隔断，明间四柱七檩。底层厅堂用抬梁，二层及次梢间穿斗式。前檐柱设廊，廊柱施牛腿支承二楼走廊，牛腿雕刻"S"纹、狮子及狮子戏球、鹿衔灵芝等图案，雕工精致，可惜靠天井一面的许多雕刻图案被挖得面目全非。明间顶层有一间悬山顶阁楼，庑殿顶，四周隔扇，很是别致，据说是当年主人金重辉赏景品茶的场所。南北两侧厢房前檐柱施牛腿，隔扇花窗，玲珑精致。现建筑保存比较完整，融合了店铺、库房、工场、客厅和家居的功能，是民国时期商业和民居融为一体的代表性建筑，也是廿三里重要的商业标记。

在中国建筑文化中，十八间的建造营式是南方木制院落的典型，江南民居随处可见。然而，每一处院落体现出来的人文精神并非一致。而院落的故事，总是传递着一个家族的兴衰，就如本文故事的主角金重辉，即是民国时期义乌东部的首富。当年，"金永和"老板金重辉为扩

金重辉民居
摄影/潘爱娟

大火腿制作规模，在当时廿三里最热闹的老街上建造起这幢四合院式砖木结构房子，办起火腿坊、酒坊、酱坊、染坊、黄包车行为一体的综合性大型企业。他勤操持、守礼法、重然诺、慎取予，成民国年间远近闻名的商界巨子。

民居二楼一圈靠天井挑廊，据说当年靠天井一周都用筛状的铁丝网罩住，用以挂晒火腿。上过盐的火腿有一股浓浓的香味，此时，各种鸟类会成群结队地飞来啄食火腿，造成火腿破损，外观不雅，影响销售。把火腿晾晒在天井，并在天井上空拉起了铁丝网，不让鸟类飞进屋内啄食，保证了火腿的美观和完整。立于方方正正的大天井，环顾四周，精雕细刻，精美绝伦，足见当年火腿坊的盛况。

据陪同的村民介绍，后进正厅设有一后门，出门有一排平房，是"金永和"商号当年加工火腿主要工场，平房前面是一口叫头仔旺的大池塘，金家酒坊、酱坊的用水都取自此塘。

新中国成立后，金重辉民居成了政府办公场所。20世纪60年代，邮电局、农业银行、人民公社都曾在这里留下自己的"足迹"。70年代初，这里是廿三里公社俱乐部。人民公社搬迁后，义东法庭在此成立，直到1985年法庭新大楼落成。之后，这里又成了村老年协会、廿三里拨浪鼓文化展示中心，旧村改造拆迁评估办也曾在此办公。

现后进正厅上方有双龙戏珠图案，下面是"新喜千年"字样。左右厢房上方分别书有"孝敬老人""关心后代"，从书写的文字和笔墨看，应该是近几年的作品。

金重辉民居是义乌人重农重商、实业救国的中国民间版本，是追寻"义乌精神"、义乌经商传统的教育基地。2013年4月被列入义乌市级文物保护单位，2014年义乌市政府出资完成修缮工作。

悠悠时光流逝，岁月掩去故居的光辉，但"金永和"字号的辉煌似乎从未褪色。伫立故居，似有丝丝暗香从时光深处散发，映带着老宅的树木、檐舍、重梁、青瓦……

（潘爱娟）

吴可夫民居

一个村落的印记，总是与桥、阁、亭、楼等建筑有关。建筑是凝固的历史，承载着一代又一代人们的希望。

廿三里老街，有一幢吴可夫民居，俗称洋房屋，位于老街25号。洋房建于民国二十三年（1934），建筑坐西朝东，三开间，三层半楼房，为西式建筑风格，总占地面积130.95平方米。

洋房屋建筑的外观采用了西洋的元素，在封檐和窗罩等部位，用了石膏堆塑的线脚。整个立面用青灰磨砖错砌，前檐墙设四根砖砌锥顶罗马柱，门头和窗罩为拱券形，窗棂用粗钢筋，山面用观音兜山墙。每扇朝外的窗户均设双层，一层向外推，一层往里开。正门上方从上至下每层用石膏堆塑券顶，或缠枝花纹，圆形和五星装饰，别有西洋风格。室内铺木地板，隔断用板壁，室中设木扶梯通楼顶，呈"回"字形。屋顶是格状木栏栅玻璃天窗，以增加室内亮光。20世纪30年代，能在乡间小镇造这么一幢漂亮的小洋房是非常轰动的，因此，廿三里一带四邻八乡几乎无人不知。据村里年长者回忆，当年建这幢洋房用时不到三个月，其速度之快让人惊叹。洋房屋从设计到建造，都是由上海一家大公司一手操持完成的。上海的设计团队，上海的建筑师，甚至连建造房屋的木料、砖块、玻璃、石灰和水泥都是专程从上海运来义乌的。

房子主人吴可夫，小名吴华春，曾任黄埔军校第七分校教官，后在第八战区副长官部任职，为国民党军队的高级军官。抗战胜利后，他目睹国民党的专制独裁贪污腐败，也感受到了国民党大势已去，因此不愿再为国民党工作，不久后他去了儿女们工作生活的城市——重庆。解放后，吴可夫还担任过地方一民主党派的负责人。

据赵伟喜老人回忆，新中国成立初期，吴可夫曾先后三次回到家乡

吴可夫民居
摄影/吴贵明

看望年迈的母亲。赵伟喜的父亲赵锦文与他交往颇深，两家又离得很近，他每次回来都会去赵家坐坐，与赵锦文聊聊天。吴可夫瘦高的个子，留着长须，人长得很帅气。他最后一次回家那年已经是80多岁了，但看上去还是挺精神，走起路来腰杆笔直。

吴可夫民居还有一个更典雅的名称叫"盘溪小筑"，据说与廿三里边上的盘溪有关。廿三里村盘溪而建，溪边多栽种灌木与乔木，老街由南向北，逆水而行，谓之锁住风水，肥水不外流。明代有朱姓长老捐款修盘溪桥，南宋时华溪人虞复曾经撰写过《朱丈人认修盘溪桥记》，一时之间，盘溪名声大噪，"盘溪小筑"的"盘溪"或许源于此。

房子造好后，一直只有吴可夫的老母亲一人居住。新中国成立后，政府安排老人入住村集体房屋，吴可夫民居成了义东区委办公场所，撤区后为廿三里公社所在地，义东派出所也曾设在这里。现在外墙上还留有一些明显时代印记的文字。二楼外墙立面缠枝花纹框内还能依稀辨认出"为人民服务"五个大字。2013年4月被列入义乌市级文物保护单位，2014年市政府对其进行了修缮。

修旧如旧的盘溪小筑在老街的民居民房中间格外醒目，每当人们路过，总是会想起房子的主人，以及他身后的故事。

（潘爱娟）

徐天喜民居

在义乌廿三里，有一幢出了名了香宅——徐天喜民居，民居的板材雕刻，无一不取材于香樟木。故而人入其宅，香味扑鼻宜人，让人神清气爽。

徐天喜民居位于义乌市廿三里下街头103号，建于1943年。建筑坐东北朝西南，总占地面积229.06平方米，由前后二进二厢组成，布局呈四合院结构。前座两侧开边门，门额上分别刻有"鹊笑鸠舞""凤起蛟腾"。青石门，门上题字，门口石磴分别雕有竹子和松柏。堂楼二层面阔五间，明间敞开为厅堂，次梢间为厢房，明次间均用方柱。明间四柱七檩，底层厅堂为抬梁式二层及次间穿斗式，二楼檐廊设西洋宝瓶式栏杆围筑。前檐廊贯穿辟龙虎门，建筑天井四周施牛腿刻八仙图案。一只牛腿两个面两个神仙，四只牛腿八个仙，桁上雕有莲花灯，而且还有流苏。无论是柱还是檩，用的全是香樟，而且是整板。香樟属一类木材，材质细密、坚韧，不易开裂，而且香味独特。樟木即使只划破一点皮，就能闻到一股淡淡的香味。据现居住在此的村民介绍，这幢房子不仅美观，住着还特别地享受。

民居由"红毛大王"徐天喜建造。徐天喜出生于清光绪二十五年（1899），有兄弟两个，哥哥徐天福和他。在徐天喜6岁那年，他的父母双双离世，因此，兄弟俩没有上过一天的学。父母去世，生活没有了着落，兄弟俩曾以乞讨为生。稍长一些后，徐天福带着弟弟到一个亲戚家放牛做长工。徐天喜17岁那年，兄弟俩到诸暨、金华、衢州等地，开始了千里肩挑鸡毛路。他们农闲出，农忙回，不管刮风下雨，雪地冰天，翻山越岭，走村串巷，早出晚归。为了防止走散，兄弟俩你走左半村，我走右半村，然后到约定地点集合。没钱住旅馆，他们就在人

徐天喜民居
摄影/李永

家屋檐下过夜。没有被子，一把稻草往身上一盖就是一宿。没有米，玉米面食充饥，没有菜，盐来将就。靠着这种勇敢顽强的拼搏精神，兄弟俩在村里建起了房子，有了属于自己的家。

到了民国后期，一些换糖人开始专门从事外贸生意。徐天喜就是其中的一个。他在廿三里集市收购鸡毛，也兼收鸭毛、鹅毛、猪毛等，由于收购的毛多，自己一家人来不及分拣，就请村里人到家里择毛，红毛串成鸡毛掸子，销往杭州、上海等地，鸭毛、鹅毛、猪毛则运到广州，出口东南亚甚至欧洲各国。徐天喜经常往返于义乌—杭州—上海之间，是当年全国做得最大的"红鸡毛"羽毛制品出口商，他不仅自己做大了生意，而且还带动了廿三里的产业链。有了资金积累后，徐天喜请来舅舅商量造房子的事，舅舅是东阳县山口村人，也是一位花雕师傅，他舅舅就从东阳请来一帮工匠，花了五年多时间造了这幢民居。当年的民居用料讲究，雕刻精美，图案精致，但因一些特殊的原因，最终留下来的雕刻已是寥寥无几。

徐天喜没上过一天学，但脑子灵光，记忆超人，还是一位算盘高手。他记的"花码"账别人看不懂，但他本人则过多久都能说出某一天的进出明细。这种在苏杭一带被称为"苏州码子"的记数方式，又被宁波人形象地称为"柴爿码子"，意思是说它像用柴火棒子摆成的。徐天喜不仅是一位生意高手，更是一位智者。创业成功后，他积极支持抗日武装金萧支队第八大队，捐助了大量的被服、鞋袜、毛巾等生活用品，支援抗日武装斗争。新中国成立后，他又主动把自己的房屋交给政府使用，自己则寄住在邻居家老屋里。他是廿三里羽毛厂第一任厂长，培养了一批又一批的技术能手，为廿三里的经济发展作出了积极贡献。改革开放后，民居物归原主，后于2005年过户给了村里一丁姓人家。

如今的徐天喜民居，依然因为他的创业故事而被人广为称颂，它的幽幽暗香注定会在老街久久弥漫。

（潘爱娟）

海风
摄影／蒋瑞瑞

刚正勇为 星光熠熠

　　翻开风云激荡的历史篇章，有不少廿三里人的身影，他们有的豪气干云、有的激情壮志、有的宠辱不惊，共同的特点就是都具有刚正勇为的特点，岁月的洗礼让他们淬火成钢。

　　时光荏苒，青山不语；云程万里，初心不变。很多事都已消逝在岁月的风尘中，尽管只是那么几十年，却如风行水上，如雁过无痕。很多人，走过峥嵘岁月，经历铁血生涯，却深藏功与名。一些故事是不能被忘记的，一些人物是无法被忘怀的，这熠熠星光助人们在苍茫之中看见历史。

铁骨铮铮骆宾王

骆宾王

　　骆宾王（619～？），字观光，义乌人。唐代著名诗人，"初唐四杰"之一。骆宾王诗作辞采华赡，格律谨严，有《骆宾王文集》存于世。少年成名，七岁提笔写下《咏鹅》；长篇《帝京篇》被誉为"一代绝唱"；《为徐敬业讨武曌檄》是中国骈文史上发展的高峰。从齐梁文学走向盛唐文学的发展脉络中，骆宾王是承前启后的过渡人物。

　　代表作"鹅，鹅，鹅，曲项向天歌。白毛浮绿水，红掌拨清波。"经过1300多年的岁月洗礼，《咏鹅》至今仍极具魅力，几乎每个孩子的诗歌启蒙都是从这18个字开始的。

　　《咏鹅》背后，是7岁提笔成就"千古绝唱"的骆宾王。这首诗预示了他的传奇一生，浮萍曲折，却始终不渝地"向天歌"——这个出生在义乌的"江南神童"，是"初唐四杰"中最为高产的诗人。他耿直清高、拒绝自荐，却又一心报国，年过半百从军出塞。在闻一多笔下，他"天生一副傲骨"，参加讨武义军，以一篇《为徐敬业讨武曌檄》让世人惊叹；他不知所终，却又万古流芳。

在义乌，想要寻找骆宾王，你会发现自己早已沉浸其中。以宾王命名的宾王市场、宾王路、宾王大桥就在城市中心，家乡人以这样的方式纪念他；复美唐风的骆宾王公园里，"咏鹅亭"旁几只白鹅在水中悠然自得；宾王中学里，骆宾王像和"向天歌"石碑已成为精神象征，陪伴莘莘学子；"宾王故里"廿三里街道李塘村，凝聚全球骆氏……

骆宾王是个谜一样的人物。初唐，乌伤城北，骆宾王出生了。骆姓是当地名门望族，早在东汉末年和三国时期，就出了骆俊、骆统、骆秀一门三杰，他们是名盛一时的文臣武将和志行卓越的俊士。

骆宾王祖父是前隋一名地方小吏，隋末为避兵乱，弃职回家闲居，父亲则是山东博昌县令，祖父两代都是当地颇有声望的饱学之士。或是久乱求安心切，又或望子成龙，他们为第三代长孙取名宾王，字观光，源于《易经》："观国之光，利用宾于王。"意思是希望骆宾王心怀天下，辅佐君王，施展抱负，建功立业，造福黎民。

咏鹅亭
摄影/吴贵明

参与编写了宾王中学《宾王教育读本》的骆宾王研究会秘书长吴奎福说，骆宾王的童年时光承欢祖父膝下，祖父对他的教育呕心沥血。骆宾王的启蒙教育是出色的，他心中的智慧之门早早打开。

"咏鹅"的故事，发生在骆宾王七岁那年的金秋时节。稻谷登场后，祖父的一位远方朋友专程来家探望。一行人散步至一口池塘时，客人指着塘中景象让骆宾王作诗，小宾王有感而发，一幅白鹅戏水图跃然纸上。骆宾王因此成为当时的红人，被赞"江南神童"。

"鹅，鹅，鹅"很快传播开来，在孩童中像歌谣一样流传，时至今日仍是许多儿童文学启蒙的首选诗歌之一。

"咏鹅"池塘今何处？

骆宾王"咏鹅"的这口池塘在哪？在义乌的骆家塘，还是李塘村，在当地仍有争论。

李塘村的骆光伦是骆氏第64代孙，曾参与21世纪初的骆氏修谱。他说，义乌骆氏最早是从河南迁来的，先到城西分水塘一带；大约到了第7代，又迁到骆家塘；第12代以后迁到李塘村，骆宾王是第22代。在骆氏家谱的《义乌骆氏流源考》一文中，坊间流传骆宾王咏鹅的池塘就是村中石臼溪西面五里外梅林近旁的一口野塘。

2004年，义乌骆族后人在村附近的狮子山修建纪念骆宾王的历史文化园林宾王园林。如今，这里已成为全球骆氏寻宗问祖必到的地方。全球骆氏还成立了智囊团，汇集能人志士。

不过，流传更广的一种说法是，骆宾王出生在义乌市区的骆家塘村。兵败后其族人出逃到现在的李塘、下骆宅、楂林，并逐渐形成骆姓松、竹、梅三派。李塘村，有当年骆父环溪种植梅林读书之地，故称梅派。李塘旧名李唐，据说得于唐中宗赐名：武则天倒台后，恢复唐制，因骆宾王忠于唐朝，下诏将村改名为李唐。

如今的骆家塘，正是骆宾王公园的所在，四周被高楼环绕，在寸土寸金的城市之心，是一方"世外桃源"。唐风诗韵是走进公园最为亲切的感受，骆宾王纪念馆别有洞天，"一代文宗"的骆宾王像屹立，不大的四方空间里，启功、郭仲选等书法大家笔下的骆宾王诗作在墨色石刻上封存。池塘边，有一处"咏鹅亭"，看着水中悠闲的白鹅，让人也想"咏鹅"一首。

如果说《咏鹅》是骆宾王孩童天性的自然流露，那么，他年少时所作的《玩初月》，则颇有哲理：

宾王园林
摄影/金福根

忌满光先缺，乘昏影暂流。

既能明似镜，何用曲如钩。

月亮啊，你既然能像明镜一样普照大地，为何又怕别人说你自满而屈意掩饰，把自己美好的形象弯曲如钩？

骆宾王八起八落，最高的品阶不过是从六品下、侍御史。其间，他做过京官，也做过地方官，做过幕僚，也从军出塞，归家闲居过，也入过牢狱。很多人看到的是他反复求官，到处经营，好像是为了养家糊口，或者实现个人功名而汲汲戚戚，实际上，他是一名内求气节、外求济世的儒士。

骆宾王在道王李元庆幕下时，李元庆曾下令"自叙所能"，他却慷慨写下《自叙状》公然谢绝："令衔其能，斯不奉令。"铁窗禁闭时，他将满腔悲愤化作《在狱咏蝉》《萤火赋》："无人信高洁，谁为表予心。"出狱后，面对燕赵易水，想起荆轲之事，咏下"此地别燕丹，壮士发冲冠。昔时人已没，今日水犹寒"。随军出塞，半百之年的他挥笔洒墨，"不求生入塞，唯当死报君"，写出不少雄浑悲壮、慷慨激昂的边塞诗。回到长安，他创作出以《帝京篇》为代表的长篇歌行，名动京城，更把这种艺术形式推向新的高峰。扬州起兵日，他起草了闻名于世的《为徐敬业讨武曌檄》，气势非凡的"试看今日之域中，竟是谁家之天下"的豪言壮语，成了他的千古绝唱……

"骆宾王铁骨铮铮，品性高洁。"原浙江师范大学校长、骆宾王文化研究学者骆祥发认为，在初唐风云激荡的年代里，骆宾王并不是一个驾驭风云的政治人物，而是经常被风吹雨打的落魄者。他刚直的品性，为实现理想而敢做敢为的侠义精神，特别是文学方面所展现的卓绝才华，一直为后人钦慕并乐道，从而成为中国历史上有一定影响的人物。

骆宾王文化研究会会长骆承栋说，骆宾王的一生，就是一段传奇。正如他最后的不知所终：《资治通鉴》记载他与徐敬业同时"伏诛"，《朝野佥载》说他投江而死，《新唐书》记载他下落不明，"亡命，不知所之"，而《本事诗》则说他隐姓埋名落发成僧。

骆宾王在兵败后所归何处？早已不得而知。然而，那个才华横溢、铮铮铁骨的"咏鹅少年"形象早已深入人心，并渐渐浓缩为一个时代的缩影，一种人文精神的象征，流传千年。

作为骆宾王的故乡，义乌人深以自己的土地上孕育出骆宾王这样的杰出人物而自豪。

古时，人们就为骆宾王修建了规模宏大的墓地，并把《咏鹅》诗作为义乌人文荟萃的典型特征镌刻于高塔之顶，还把塑像迎进乡贤祠奉祀。

如今，"宾王故里"李塘村计划打造以骆宾王文化旅游为重点的特色小镇。距离李塘村不远的华溪森林公园，骆宾王墓（衣冠冢）就在境内。地处天目山余脉武岩山麓的华溪森林公园，多山谷溪涧，气候宜人，自然景观形态各异，是亲近自然的好去处。

在义乌市区，骆宾王的元素更多：骆宾王公园是不得不去膜拜的精致景点，书法与诗歌爱好者定会被它吸引。公园已准备扩建，不久的将来，这里将成为又一处城市绿肺。义乌国际小商品市场也曾以骆宾王的名字命名为"宾王市场"，世界小商品之都物美价廉，"买全球，卖全球"。到了晚上，宾王夜市是最具城市气息的小商品、美食打卡点。

宾王中学还藏着骆宾王文化研究会，并有骆宾王纪念馆、骆宾王广场，24幅讲述骆宾王生平的连环画和骆宾王塑像、特色教材是新生入学时的"必修课"，校园社团中还有咏鹅文学社和向天歌诗社。此外，义乌的骆宾王文化节和骆宾王国际儿童诗歌大赛已成为文化品牌。

由义乌市骆宾王文化研究会申报的"骆宾王的传说"成功申报金华市非遗保护名录。如果到乡间，说不定，你会偶遇一段骆宾王的传说与故事。乡村戏台前，你或会与当地婺剧爱好者自编自导自演的婺剧大戏《骆宾王》邂逅。骆宾王、武则天、宋之问……舞台上，一个个戏剧人物，你方唱罢我登场；舞台下，在百转千回的唱腔韵律里，你我已穿越千年回到初唐。

（汪蕾）

一代名将宗泽公

　　宗泽（1060～1128），字汝霖，谥号忠简。宋朝名将。北宋、南宋之交在抗金斗争中涌现出来的杰出政治家、军事家。1060年1月20日（农历1059年12月14日）出生于义乌石坂塘村（今苏溪镇新厅村附近）。宋元祐六年（1091）中进士，历任县、州文官，任上兴建学校，减免赋税，颇有建树。宗泽在任东京留守期间，曾24次上书高宗赵构，力主还都东京，并制定了收复中原的方略，均未被采纳。最终因壮志难酬，忧愤成疾，三呼"渡河"而卒，时年70岁。死后追赠观文殿学士、通议大夫，谥号忠简。著有《宗忠简公集》传世。宗泽虽然没有实现收复失地的心愿，但其报效国家的精神影响了一代又一代人。

　　宗泽有兄弟四个，长兄宗沃，"服勤力穑"；宗泽为老二；大弟宗峰，读书仕进；最小的弟弟宗灏早逝。宗泽自幼随长兄宗沃参加劳动，农闲则在父亲宗舜卿的教导下读书识字。读书之余，他还跟着隔壁一位农夫练过武术。

　　宗泽曾师从叶桐、叶诰兄弟，刻苦努力，学有所成。更难得的是，宗泽并不满足于从书本上学到知识，十来岁时就离家四处求师访友。他在《求教书》中有所阐述："某未冠时，持先人书一车，他无所携，悲吟梗概，懔然去国，求师承于四方，阅十馀年矣。"在求学的同时，他考察社会，了解民情，认真研读兵书，苦练武艺，成了一名博多识广、文武兼备的青年。

　　大约在宗泽十几岁时，全家离开石坂塘，来到交通比较便利，商贸、文化较为发达的廿三里。此事在《宗泽集》和如今保存在江东街道宗塘村的明代万历元年（1573）朱湘撰的《重修宗忠简公祠记》石碑中均有记载："公生于石坂塘，迁居廿三里。"宗泽父亲宗舜卿到廿三

宗泽像

里后，认识了一位名叫陈允昌的朋友，并结义拜为兄弟。陈允昌是丽水人，从小就跟随父亲在廿三里经商，积累有较多资财，家景富裕，且在当地颇有声望，地方人士都尊称他为"陈公"。宗泽从小天资聪明，读书用功，深得陈允昌喜爱。陈允昌对宗泽视同己出，不仅资助宗泽上学，还在宗舜卿重病时床前屋后亲尝汤药侍候，又在宗泽父亲忌日亲自去佛寺做水陆道场为其超度亡灵，他们的情谊可算是至爱至亲了，宗泽有后来的成就，与他父亲这位好朋友的相助是分不开。后陈允昌在88岁高龄过世，宗泽专门写了一篇感人至深的墓志铭，感激陈允昌的大恩大德。

廿三里是宗泽成长的地方，也是他立下志向的地方。这位颇具民族气节、性格孤直忠勇的历史名臣为廿三里带来了无限的光荣和骄傲。现在廿三里华溪附近的金宅村仍有宗姓后裔居住。

北宋哲宗元祐六年（1091），33岁的宗泽通过会试后进入殿试。在考试时，他不顾字数限制，洋洋洒洒写了万余字，力陈朝廷时弊。他的文章字字肺腑，句句真切，不过当时的主考官以"其言直，恐忤旨"为由，将宗泽置于"末科"，给以"赐同进士出身"。

宗泽进士及第，标志着宗家社会地位上了一个新台阶。由于宗泽家世贫困，从小受人恩惠，经历贫苦生活，出仕之后的他时时处处想到人民疾苦，为官清正廉明。他的一些举措常常遭权贵们的忌恨，因此仕途并不顺利，长期滞留在县尉、知县、通判等小官吏行列。直到晚年，在抗金卫国的激烈斗争中，宗泽才充分展现出他在政治上、军事上的出众才华，被委以东京留守兼开封府尹的重任，成为当时举足轻重的人物。

如果不是适逢战乱之秋，宗泽也许是在一介小吏的位置上终其一生。当时，辽、金不断南侵，宋王朝面临险境。为加强边防实力，诏令将登州等四州提升为"次边"，并选拔一些精干官员充任通判。政和五年（1115），宗泽升任登州通判。登州邻近京师，权贵势力伸手其间。如登州仅宗室官田就有数百顷，皆不毛之地，岁纳租万余缗，都转嫁到当地百姓身上，百姓苦不堪言。宗泽到任后，上书朝廷，陈明实情，请求予以豁免，终于为登州百姓免除了沉重的额外负担。

宗泽为官数十年，在官场中，他越来越看清宋朝统治集团的腐朽，也感到自己难以有所作为。宣和元年（1119），年届六十的宗泽乞请告老还乡，退居家乡义乌邻县东阳县，结庐山谷间，拟著书自适以度晚年。然而事与愿违，因他在登州任上得罪了道教势力，被道士林灵素等人诬告，宗泽被发配镇江。宣和四年（1122），徽宗举行祭祀大典，实行大赦，宗泽重获自由，掌监镇江酒税，两年后调任巴州通判。这时，辽金宋之间战争激烈，忧国忧民的宗泽却被远置西南边陲巴州，完全背离了他的意愿。

靖康元年（1126），68岁高龄的宗泽被朝廷诏令赴京任御史中丞，抵京后宗泽立即向钦宗"奏对三策"，力主抗金，反对求和。然而，钦宗与徽宗一样昏庸，并没有转变妥协投降的立场，对宗泽的抗金建议置若罔闻。开始，宗泽不断给宋高宗上奏疏，恳求他"回銮"开封，主持抗金大局。据《宗忠简集》记载："公前后奏请为回銮而发者二十四疏。"这就是历史上著名的"乞回銮二十四疏"。然令宗泽遗憾的是，这些奏章有很多没到皇上手中，而是中途被奸臣所扣留。《乞回銮疏》是宗泽的心血结晶，也是他留给世人的一笔富贵的精神财富。

建炎二年（1128）七月一个风雨交加的夜晚，宗泽怀着悲愤的心情连呼三声"渡河！渡河！渡河！"仰颈气绝，时年70岁。

（潘爱娟）

明代清官谢恺公

　　提起义乌籍的清官，大家耳熟能详的便是徐桥、朱之锡、龚一清、金世俊等人，其实明代时有一位廿三里籍的清官也为百姓所称颂，他便是谢恺。

　　谢恺，字舜卿，为明代中期生人，性格温雅。因读书成绩优异，作为贡生被选入京师国子监读书，入监后又通过考试，就任四川叙州府推官一职。叙州府，治宜宾县，辖境相当今四川省宜宾、自贡、隆昌、富顺、南溪、长宁、兴文、高县、珙县、筠连等市县地。推官为各府的佐贰官，即"副职官员"，亦称"辅佐官"。其官阶略低于主官，但并非主官之属官。一般掌理刑名、赞计典等。

　　当时，四川一带吏治腐败，因循苟且，贪赃受贿，营私中饱的现象非常普遍。但谢恺到任后，操履清洁，治狱明允，颇得百姓爱戴。弘治戊申年间（公元1488年），四川一带粮食歉收，发生大饥荒，谢恺奉救赈饥，兼理泸州等处的事务。他爱民如子，殚精竭虑做好每一项工作，使大部分百姓都得以存活。

　　因四川一带土地兼并情况十分严重，一些因失去土地而走投无路的农民便成为盗贼，横行乡间，打家劫舍，百姓苦不堪言。谢恺不顾个人安危，亲赴贼营，动之以情，晓之以理，成功招安盗贼，得一方安宁，百姓纷纷拍手称快。中央朝廷派来处理灾荒事宜的抚按官，见其能力出众，且尽心尽责，便向朝廷举荐他。

　　但朝廷的嘉奖令还未下达，谢恺便因过于操劳，病逝于任上。百姓闻讯，纷纷感叹失去如此好官，痛哭流涕如丧考妣，甚至有的百姓在家中为其供奉灵位，以示感激。谢恺两袖清风，身无长物，待他的亲人扶柩归乡时，检点其遗物，仅仅留下《救荒誓》《却金图》《劝民诗》

《笼鸡说》数箧。

谢恺去世之后，时任浙江提学佥事的陈辅，专门撰文至金华府，称谢恺为推官时一廉如水，其介如石，文章足以经世，政事足以及物，士蒙其教，民被其泽，一旦遽逝，百姓垂泣，至今有家祀以报恩者。

于是，义乌方面向有关部门详细了解了谢恺的生平事迹，将谢恺入乡贤祠，供乡亲祭拜，并私谥为"清惠"，意即清廉仁惠。此外，还专门为其修建旌异坊以示表彰，据清代东阳人王崇炳所著的《金华征献略》中记载，此坊在雍正年间还存留于廿三里老街。后毁于何时，已不可考。

谢恺著有《石楼山稿》，可惜今已不存。谢家家风严谨，以宽厚仁爱而著称。谢恺之子名良金，事母至孝，在母亲去世后结庐于墓旁守孝，后又奉养继母刘氏如亲母，为乡邻所称颂。清代时有后人名谢天祺，以医闻名，常随身携带药品，遇穷苦患者便施送药物，救活了数百人。得两任义乌县令题写"恒心活人"和"仁寿"之匾作为表彰。

对于谢恺，王崇炳有论曰：居官者瘠民以肥子孙，民则瘠矣，子孙未必肥也，甚且求瘠不得。明时谢公同乡有官御史者，满载而归。相传其子与他公子争妓，掷金于江以赌胜，不一代而田宅尽归他人。谢公介介，得一士焉，竭力表彰，扬名显姓之职，一身任之。噫！若谢公者，真善贻子孙者矣。

（金灿）

红顶商人金重辉

  金重辉，人称永和老板，清光绪三年（1877）出生于义乌县城湖清门荷花芯一户刘姓家庭，后被廿三里村一位叫金绍闻的屠夫收养。金绍闻按家族辈分给他取名尔统，字绪新，号重辉。

  民国初期，金家以卖肉和腌制火腿起家。辛亥革命成功后，孙中山号召实业救国，政府提倡重农重商。金重辉父子响应政府号召，在老街开鲜肉铺，同时办起腌腿坊。他们腌制的火腿特选细皮、小脚、肉嫩的"两头乌"后腿制成，形似竹叶，皮色黄亮，肉质红润，香气浓郁，风味独特，深受上海、杭州等地客户的青睐。由于经营有方，生意日渐红火。

  火腿制作要经过选材、修整、腌制、浸泡刷洗、晾晒、发酵等工序，其中发酵前需要连续一周以上的晒制环节，火腿晾晒期间，极易受飞鸟的啄食，影响美观。要把好这道关，保证火腿质量，必须摆脱手工小作坊的生产环境。逐渐发家的金重辉为了让自家腌制的火腿出口，在热闹的廿三里老街买下一块土地，建起了一幢前后二进带厢房的四合大宅院，作为腌制火腿、产销并用的大作坊。房子建好后，金重辉把腌制火腿中猪腿的整形、浸腌、翻洗、定型、涂油等工序全部放在室内操作，还把其中的大天井用精致美观的筛状铁丝网罩住，用以火腿的挂晒，从而有效防止了鸡禽、风沙的侵袭。

  金重辉在确保火腿优质优产的同时，还格外注重店号的影响力。他取"金永和"店号，一寓"和气生财"的商业道德，二寓"和平和谐"的做人理念。"金永和"有独立的商号、店名和生产工场，其工场主要分布在廿三里镇老街中街两侧，据说最盛时达百余间房屋。

  在经商方面，金重辉秉持"勤操持、守礼法、重然诺、慎取予"的理念，使得整个火腿行气通人和、生意兴隆，其生产的火腿成了各地客商的抢手货。不久，他凭借"金永和"的影响力，又办起染坊、酒坊、酱坊、黄包车行，成为义乌综合性的大企业。抗战爆发时，金重辉已拥有企业数家，是名副其实的义乌商界巨子。据民国二十八年（1939）《义乌县腌腿商业同业公会会员名册》记载：义乌全县较大腌腿坊有30家，其中资本1000元（银圆）以上的有16家。金重辉家则有4000银圆，为全县实力最雄厚、规模最大的一家。在金重辉的影响和引领下，廿三里镇出现了一大腌制火腿的商户，成为与佛堂田心并驾齐驱的火腿生产基地。

在居家过日子方面，金重辉也是处处履行"金永和"精神，勤俭节用以治事。他"和以接人，慈以御下，勤以治事，俭以爱物，节用以行善，虽席丰履厚未处优养尊"。他在廿三里开鲜肉铺时，屠户送猪肉到店铺的箩筐或畚箕中常常会垫一些稻草，他每每关照，这些稻草一根也不能丢弃，晒干后可以当柴火，他还嘱其夫人亲自动手清理。日积月累，人们经常可以看见一团团的稻草，整齐地码放在一处。

金重辉秉承重农亲商家风，把经营实业作为其毕生的追求。他乐善好施以济贫，诗书礼义以教子。翻开《崇儒金氏宗谱》，谱中有关于金重辉"攒重散财，福利桑梓；少游居乡，世称善士"之类记载，称赞他对"地方善举不肯后人"。有一年灾情严重，廿三里商户交不上租粮赋税，金重辉出资上千银元代为补交赋税之亏欠。又曾与蔡氏发起主持募集救济寡妇的恤嫠局，宣统末年（1911）改组为义乌救济院，由他担任董理。20世纪二三十年代，金重辉斥资建造了一艘渡船，在廿三里大湖头渡口设立义渡，免费接送过往行人。日军占领义乌期间，廿三里百业凋零，老百姓生活贫困，他当着大家的面，将所有佃户或穷人的欠租和借款凭据及实物抵押的票据统统烧毁，并申明，从今后所有欠租、借款、赎金一笔勾销。其事迹传到南京国民政府，一些政要也深为赞叹。民国二十六年（1937），金重辉六十寿辰时，义乌县长亲临祝贺，国民政府高官政要和各界知名人士纷纷送来亲笔书写的寿联，以示庆贺。此事一时轰动江浙，成为一段时代佳话。

　　经营实业之余，金重辉还特别注重文化教育。其子孙辈游学于国内外大学者甚多，为国家栋梁之才。他的7个子女，6个受过高等教育，儿孙辈中有16人毕业于上海复旦大学，后来有的成为中央大学、金陵大学的教授，有的成了中学教师，有的还是驻外的外交官。金重辉的几个儿子曾先后在南京、重庆、杭州、义乌等地办过4所商科学校。为感父亲恩德，这些学校皆取名"重辉商科专业学校"。

　　1947年，金重辉已过古稀之年，他在廿三里过完70岁生日后，带了一点养老金，与老伴一起到杭州颐养天年，直至善终。但金重辉勤奋诚信的经营之道和以善为本的行为规范，永远值得后人学习并发扬光大。

（潘爱娟）

胸怀壮志黄壮怀

  黄壮怀（1895～1960），原名黄昌裕，后取"俱怀逸兴壮思飞，欲上青天揽明月"之意，改名为黄壮怀。他曾就读于义乌第二（廿三里）高等小学，后来因为文化水平较高便当了廿三里小学的老师。时值清末，清廷政府腐败无能，帝国主义列强蚕食中国，虽在乡村任教，但黄壮怀一直关注着时局，满怀一腔热血渴望报效祖国。一日，他看到有群军人骑着马从学校（即今廿三里老街水月庵）前经过，便萌生了投笔从戎的念头。1908年，依照清政府陆军部的规定，浙江举办陆军小学堂，专门招收18-20岁的知识青年，黄壮怀顺利通过考试，进入陆军小学堂学习，从此披上戎装。

  1917年，黄壮怀进入开创中国现代军事职业教育先河的保定陆军军官学校进行进一步学习。保定军校为中国军队培养了一大批现代化军事人才，蒋介石就是通过保定军校前往日本学习，近现代名将白崇禧、叶挺、张治中、傅作义等人均毕业于保定军校。而黄壮怀毕业于赫赫有名的保定军校第六期，与中国人民解放军创始人之一叶挺将军是同学，在广东十大虎将中，有九位都是保定军校第六期学生，此外还有被誉为民国第二号军事家的杨杰，曾担任黄埔军校教育长的邓演达，抗战爆发后牺牲的第一位军长郝梦龄等人，均为保定军校第六期学员，可谓将星云集。

  黄壮怀从保定军校毕业后，进入国民革命军，但自我要求十分严格的他，深感自己的军事知识储备还不够全面，1931年又进入陆军大学第十期学习，与著名的红色特工郭汝瑰是同学。如果说黄埔军校只是培养初级军官，那陆军大学就是培养更高一级的军事人才，尤其是大兵团作战指挥人才的地方。在相当长的一段时期里，蒋介石始终亲自兼任陆军大学校长。正因为此，陆军大学的入学标准也是十分严苛，首先须为陆军现役各兵种的"校级军官"，其次须在正规野战部队中服役两年以上，还要通过身体和政治检查，最后还要所属团长或旅长担保，才可以将材料报送军事委员会，成为候补学员。之后，还需要经过笔试、面试，全部通过者才可以入学。因此，在国民革命军中能考入陆军大学的绝对是军中骄子，可算是"天子门生"。日后的军旅仕途也必然一帆风顺。黄壮怀后来得到蒋介石、陈诚的青眼有加，除了他个人能力出众，且是浙江人之外，和他拥有陆军大学的学历也至关重要。

因为拥有扎实的军事理论基础，且个人综合素质突出，黄壮怀先后被任命为浙江省保安大队大队长，七十九师副师长、师长等职。1937年初，黄壮怀转任中央陆军军官学校高级教官，同年8月晋升为陆军少将。

抗日战争爆发后，黄壮怀就任武汉警备司令部少将参谋长，从此时开始，敦默寡言的黄壮怀得到了时任军政部政务次长，兼武汉行营副主任陈诚的赏识。陈诚知人善用，如罗卓英、胡琏、黄维等国民党王牌悍将都是他提拔的，国民革命军著名军事家薛岳，也是他推荐给蒋介石的。再加上黄壮怀与陈诚不仅同为保定军校的毕业生，也是浙江老乡，更多了份亲近，陈诚将其举荐给了蒋介石，此后二十年间黄壮怀一直追随于陈诚。

随着日军的长驱直入，北平、天津、保定、太原、上海、南京等重要城市纷纷沦陷，国民政府意识到"九省通衢"的武汉迟早会成为日军的进攻目标。于是，1938年1月，陈诚重回武汉出任卫戍司令开始组织部队部署防御，以同为保定军校毕业的郭忏兼任卫戍司令部参谋长。4月19日，又以第185师为基础，编入第55师合组为第94军，担负武汉卫戍任务，以郭忏兼任军长，黄壮怀被任命为94军副军长。

因黄壮怀为人正直清廉、心思细腻，蒋介石觉得他适合从事后勤保障工作，便决定将长江的航运工作交给黄壮怀管理，让他兼任长江上游兵站分监部站长，不就之后又转任长江上游江防总指挥部副总指挥官。随着国民政府的西撤，大批人流、物流涌向四川，湖北宜昌成了长江航线上的一个重要转运港。黄壮怀亦不负所托，把数百个工厂、机关、学校和数十万人员撤退到大后方——四川，又将上百万川军将士和武器弹药从大后方运往抗日前线。

1940年1月，94军因在保卫宜昌作战中失利，军长郭忏被免职，改由李及兰任军长兼任宜巴区要塞守备司令，黄壮怀、牟庭芳任副军长。

1941年，黄壮怀调任第六战区司令长官部副官处处长，第六战区辖区为湖北西部。1942年调任第六战区兵站总监部副总监。1943年任军政部川江军粮接运处处长。

在抗战时期，由于军政部负责的生产、储存和后方勤务司令部负责的分配、运输、补给多次之间多次产生矛盾，后经中美双方多次研究决定以陆、海、空三军后方勤务统一办理为原则，将后方勤务司令部以及军政部所属的军需署、兵工署、军医署予以合并，改编成立联合勤务总司令部，隶属国防部，为陆、海、空三军联合后方勤务部门。1945年，黄壮怀任联勤总司令部军需署粮秣司司长。抗战胜利后，在1945年9月13日订定的受降计划中，第六战区被划分为接受日军缴械的作战区之一，黄壮怀也参与了接收日本军队财产的工作。1946年，黄壮怀调任陆军经理署副署长、联勤总部第十补给区中将司令、补给处处长等职。

1947年12月1日，海宁洋行与第一粮秣厂合并，成立联勤总部上海粮服实验厂，黄壮怀被任命为厂长。上海解放后，该厂改名为"上海益民食品一厂"，也就是后来生产了"光明牌"冷饮的老牌国企。后来，黄壮怀又调任浙江省供应局局长。

1949年国民党部队开始溃逃，尽管黄壮怀为人谦虚谨慎，且与多位共产党将领都保持着良好的关系，但身为国民党高级将领以及陈诚的忠实拥趸，黄壮怀思虑再三还是于5月离开上海，想经舟山定海前往台湾。但因他的长子曾留学苏联并留在大陆，生性多疑的蒋介石对他的忠诚度产生了怀疑，赴台受阻。他转而前往福建厦门并转赴香港，在香港短暂停留后，经陈诚为其求情，终辗转赴台。

20世纪50年代初，陈诚一度有意提升黄壮怀为联勤总司令，也曾被选为国民党第八届中央委员，并晋升陆军二级上将，但他早已看淡是非风云。1960年，黄壮怀在台北乘坐公交车时，平静地在睡梦中去世。

黄壮怀一生耿直本分，秉承义乌人刚正勇为的作风，从不作无谓的交际应酬活动。因他一直从事后勤管理、物资运输工作，与钱粮打交道甚多，他更是严于律己、两袖清风，在国共两党的高级将领中都获得了极高的赞誉。

（金灿）

铁血男儿王祖谦

　　王祖谦（1909~1986）出生于下王村，后迁居廿三里老街，因为父亲是一名教书先生，王祖谦从小跟随父亲在私塾读书，打下了深厚的文化基础。

　　1925年，16岁的王祖谦在义乌第二高等小学堂就读时，认识了浙江省防军大队长陈国正，一直胸怀报国大志的他毅然投笔从戎，到浙江省省防军参军入伍，并改名为王将风。

　　1926年秋，国民革命军入浙，浙江陆军第1师师长陈仪，第3师师长周凤歧先后率部投奔北伐军，被改编为国民革命军第19、第26军。王祖谦也因此暂回到家乡，回乡期间他认识了廿三里后义人王仙。王仙刚从浙江法政学堂毕业，接受了进步思想的洗礼，已秘密加入革命党，从事革命活动。在王仙的影响下，王祖谦接触到了革命思潮，家境尚可的王祖谦毅然资助王仙从事革命活动。不久，王仙担任浙江省航业工会主席，王祖谦也由王仙介绍成为工会干事，并多次参与组织工人罢工活动。

　　在那个万马齐喑的时代，工人罢工运动常被军警残酷镇压，王祖谦渐渐意识到，武装力量依然是十分重要的，于是他重新开始探寻从戎之路。

　　1929年，王祖谦顺利考入中国铁道干部成员训练所土木工程科学习。1932年8月，毕业后的王祖谦被分配到交通学校汽车坦克训练班，学习驾驶技术。1935年国民党成立交通兵学校（机械化学校），杜聿明任学校学员队少将队长。王祖谦也成为陆军机械化学校机修班学员，边学习边作战，因成绩优异，成为技术勤务班长。

　　1935年夏，王祖谦参加了庐山暑期训练团，即庐山军官训练团，这是国民党专门为了训练国民革命军中初级军事干部而开设的。庐山军官训练团军事课除讲授一般理论外，野外演习占整个训练时间的大部分。

此次培训结束后，王祖谦获赠一对专门为其烧制的景德镇陶瓷花瓶，值得庆幸的是走过几十年的沧桑，这对花瓶依然由王祖谦的后人精心珍藏着。

因能力突出、表现优异，1936年，王祖谦被编入装甲兵团战车一连，任上尉连长。

1937年8月10日夜里，王祖谦跟随部队从南京出发到上海，参加淞沪会战。8月13日，王祖谦与战友浴血奋战攻占了上海新站，后又开始攻打位于上海四川北路和东江湾路交叉路口的日本海军特别陆战队司令部。日本海军陆战队司令部大楼在当时是虹口区最高的一座建筑物，为钢筋混凝土筑成，围墙的厚度高达0.8米，十分坚固。当时日军在楼顶设有瞭望塔，并安置了多门火炮，居高临下控制着周围的交通要道，对整个战场态势可以一目了然，可谓是易守难攻。虽然当时中国军队占了绝对优势，中国炮兵部队瞄准大楼的外墙进行猛轰，但因该楼实在太过坚固，一直无法完成重大突破。后因日军增援越来越多，形势对中国军队越来越不利，最终中国军队无奈撤离。

虽然最终攻占日本海军陆战队司令部大楼的目标并没有实现，但是中国军队给了日军沉重的打击。

在激烈的战斗中，王祖谦大腿被炮弹片击中，并在战斗结束后回到义乌疗伤。终其一生，弹片也未从他的大腿中取出，累累伤痕见证了中国男儿的血性和勇敢。

伤愈之后，报国心切的王祖谦马上归队，1938年5月，王祖谦升任少校连长，跟随汤恩伯将军参加了震惊世界的台儿庄战役。在此次战役中，王祖谦和战友们浴血奋战，歼灭了大量日军的有生力量，狠狠打击了日本侵略者的嚣张气焰，也是抗日战争以来取得的最大胜利。

台儿庄战役结束后，王祖谦马不停蹄带领一支部队到武汉报到，参加武汉会战。此次战役是抗日战争战略防御阶段规模最大、时间最长、歼敌最多的一次战役。他在战斗中偶遇因南京保卫战失败撤退到武汉的亲弟弟王祖燮，但兄弟俩没有时间来互诉别情，只能匆匆打个照面又各自投入战斗。

也正是因为兄弟俩均常年南征北战，孝顺的王祖谦在1948年父亲去世后，怕独居在家的母亲被人欺负，便用二十担稻谷的价格在廿三里老街买了房，让母亲住得离下朱宅的娘家近一些，方便照应。后来，王祖谦也迁居廿三里老街，并一直在此生活直至去世。

第5军作为国民革命军第一个，也是唯一一个机械化军，其核心是第200师，这是中国近代史上第一个机械化师，亦是国民革命军战斗力最强的主力部队之一，其装备直到抗战中期，在中国军队中都是首屈一指的。王祖谦正是第200师的一员。1939年6月，杜聿明升任第5军军长后，调任第89师副师长戴安澜继任该师师长。

王祖谦随部队撤退到湖南湘潭，后辗转至广西，参加了桂南会战。尤其是参加了国民革命军投入战力最强规模部队的一场战役——昆仑关战役。1940年1月3日，王祖谦所在的200师被调往昆仑关界首高地南侧协同荣一师战斗，战况极为惨烈，炮火隆隆、血肉横飞，但王祖谦和战友们心中只有一个念头：打败日本人，守护祖国安宁！他们用自己的血肉之躯，筑起了守卫中国的钢铁长城。

1月12日，第5军在经过苦战之后，伤亡惨重，且因人员过于疲乏不利于战斗，便奉命转移至思陇、黄圩、太守等地休整。在战火中浴血奋战多日的王祖谦因立下军功而被授勋。此次作战日军共伤亡8000多人，日军战史称之为："通观支那事变以来全部时期，这是陆军最为暗淡的年代。"

由于昆仑关战役损失较大，1940年第5军一直在贵州贵阳、安顺地区整训，王祖谦也随部队在此休整。

在抗日战争后期，日军为了切断中国大后方的国际援助通道，企图快速结束在中国的战争，自缅甸方向集结大量日军，为了粉碎日军的狼子野心，1941年国民政府开始组建中国远征军，其中三大主力军分别是第5军，第6军以及第66军，而其中的第5军更是远征军中的一支王牌部队。

1942年，东阳人沈国成任辎重兵第三团团长兼后勤部川陕公路司令部中将司令，两人算是老乡，王祖谦亦到辎重兵第三团当连长。同年第

5军作为远征军先头部队由罗卓英任司令赴缅甸作战，王祖谦又背负着歼敌重任出发了。

在缅甸，第5军依旧保持着坚韧不拔、百折不挠的战斗作风，相继参加了同古保卫战，彬文那会战及仁安羌救援，曼德勒会战与缅北撤退等三次大型作战。在著名的同古保卫战中，200师孤军与数倍于己之敌作战（日军有4万多人），击毙日寇5000余人，在同古坚守12天！可惜，后来第200师在棠吉受到日军伏击，伤亡巨大，戴安澜师长也因此伤重殉国。

当王祖谦与幸存下来的战友们在第598团团长郑庭笈率领下，于1942年6月17日抵达腾冲地区时，此时全师仅剩2600余人，伤亡失踪达75%以上，可见战事之惨烈！面对侵略者，他们从未退缩，只是念及葬身异国的同胞，难免悲从中来。

此后，第5军长期在昆明地区整补，其间，邱清泉于1943年1月28日被任命为该军军长。1944年，第200师奉命暂隶中国远征军总司令部直接指挥，参与滇西反攻作战，中国远征军第二次入缅作战。此时，王祖谦已升任中校，并担任汽车驾驶教育团2附修理厂长，随部队主力在昆明待命。

1945-1947年，王祖谦被任命为汽车第三团三连少校，后又任汽车第十一团第二连团副连长。1949年王祖谦在四川成都参加起义，加入中国人民解放军。

1949年12月-1950年2月，王祖谦担任中国人民解放军汽车19团5连连长，1950年3月至1951年8月成为中国人民解放军西南军区后勤学校二大队的学员，此时河南黄池人黄龙成与他成为同学，黄龙成后获人民勋章、自由独立勋章、解放勋章，在1986年以正师级离休。

学习结束后，1951年，王祖谦被任命为人民解放军西南军区后勤部建委副主任。1953年，王祖谦转业回乡，担任义乌市合作商店经理，继续为新中国的建设尽心竭力。

（金灿）

亦兵亦师朱君诚

朱君诚（1918~2018），原名朱庆武，是一名抗战老兵。

朱君诚的一生，诚如他的名字，一是"武"，二是"诚"，这两个字概括了他传奇的一生。回望朱君诚的一生，跌宕起伏，坎坷曲折，极不平凡。

1918年12月29日，朱君诚出生在义乌廿三里老街。由于家境贫困，朱君诚13岁辍学，离开父母外出谋生当学徒，先是在东阳县，之后又在义乌的苏溪、大陈等处当学徒，然后经朋友介绍去上海斜土路重广绸厂做学徒。

抗战爆发后，19岁的朱君诚从上海回到家乡，面对支离破碎的山河、艰难求生的民众，正是热血青年的朱君诚总是在思考：做什么呢？1937年12月13日，侵华日军侵入南京，实施长达40多天灭绝人性的大屠杀，30万同胞惨遭杀戮。听闻此噩耗，朱君诚愤怒了，他决心将自己的一腔赤诚去保卫自己的祖国。于是，1938年2月，朱君诚投奔了正在湖南长沙的哥哥，报名参军，投入抵抗日军侵略的战斗。入编后，朱君诚在长沙防空学校炮兵45团当了一名侦察兵，负责侦察日军飞机的入侵。

朱君诚在青春年华毅然决然走上从军之路，参加抗击日军侵略的战斗，如果不是怀揣一腔热血，他完全可以选择其他的人生之路，可是，朱君诚却选择了这条人生道路，抱着"我以我血荐轩辕"的态度，走上那残酷的战场，他参加过最真实的战争，亲身经历过最残酷的现实。

在1940年至1942年抗战期间，朱君诚加入中国远征军，几次随车经滇缅公路赴缅甸运送抗战的物资，达到过缅甸仰光。这是一条蜿蜒上千公里、抗战时期的运输干道，百分之八十都是崇山峻岭，不仅穿越了中国最崎岖的山路，还跨越了中国最湍急的河流。运输途中，头顶上是日军的轰炸机，车轮下是颠簸的山路。有多少人，在一轮又一轮的敌机空袭下，壮烈牺牲。朱君诚每次走这条路，也抱着必死的信念，幸运的是，他活了下来。

他曾经说，滇缅公路有多少道拐啊，数也数不清。一边是峭壁，一边是悬崖，有一次行车途中，撞到了山崖，差一点就掉下去了。他的一位同乡，就连车带人翻下悬崖，将生命献给了那片山河，连尸骨都找不到了。多少回都是死里逃生啊！看见日军轰炸机来了，就赶紧停下来，在运输车下躲避炸弹的袭击，炮火隆隆却无法阻挡他们抵御侵略者的决心……

有一次，他从缅甸仰光回到了云南保山，看见遍地都是被日军战机炸死的尸体，惨不忍睹，有的人至死不瞑目，用瞪大的双眼无声地控诉日本侵略者的罪行。都说男儿有泪不轻弹，但此时，朱君诚再也没法忍住自己的泪水，泪流在脸上，血滴在心里。但他必须振作，没有前行的路，他只得从横七竖八的尸体中跨过去，继续奔向前方的战场……

1945年抗战胜利，当时朱君诚正在长江军粮接运处工作。他看到宣布日军投降的那一天，当地老百姓万分激动，万众欢腾。有许多穷人脱下身上唯一的破衣裳，绑在木棍上，蘸上柴油，点燃火把，庆祝胜利。

朱君诚生前一直珍藏着一枚印章，他常常会拿出来摸着、看着……那是他在湖北恩施巴东时，一位异乡人为了表达胜利的喜悦和感激之情，特地在当地印章店里购买了一块印石，刻下字，赠送给他，留作永久的纪念。上面刻着几行小字：庆武兄，我等萍水相逢于鄂西角落巴东，时届胜利无以为念，特购买石头一块作为永久纪念。——鄂浪人涟题 卅四·孟仲秋。

两个人只是萍水相逢，一块印石却见证了一段历史，刻下了所有中国人共同的欢欣雀跃。如今，故人都已离去，只剩下这枚印章，整整75年了！

朱君诚去过湖南、湖北、广西、广东、云南、贵州、四川、重庆、南京、上海，还有缅甸仰光等地，经历过生死劫难。有时候他会自豪地跟后辈说："我什么地方没去过？！我什么人没见过？！"正是因为如此，所以朱君诚有豁达的人生观，喜欢开玩笑，还带点幽默感，也乐于接受新事物。朱君诚活到百岁，并不是靠优越的生活条件，也不是靠吃什么营养补品，好心态是他能如此长寿的原因。

朱君诚年轻时戎马生涯，抗击日军侵略，死里逃生。1949年8月，朱君诚进入杭州重辉商业专科学校工作，而后就一直在教育系统，先后在行知财经学校、民生中学、杭三初、杭五中工作至退休。退休后没有休息一天，又被杭州市教育局基建科请去协助工作。在教育局工作期间，恰逢民革四老办学，创办当时闻名杭城的长征业余学校，朱君诚又被老校长张革邀请前往担任总务工作。直到70岁才告老回家。在教育岗位上，朱君诚忠诚于自己的本职工作，兢兢业业，任劳任怨。

朱君诚是一个能吃苦，动手能力强，又很聪明的热心人。他工作任劳任怨，思路清、能力强。学校工作的几十年间，他是从来没有寒暑假的。他曾跟女儿说："我泥工、木工、水工、电工、玻璃工……样样都会做！"在女儿的记忆中，除了学校的工作，甚至哪位老师家里灯坏了、水停了、线断了，甚至屋漏了，都来找他，朱君诚二话不说，总是会想方设法帮助解决这样或那样的问题。

朱君诚的一生跌宕起伏，走过烽火连天的战场，走过新中国的建设之路，经历过繁华如锦的盛世。无论处于何种境地，他都能乐观面对，依靠双手创造美好生活，最终享年百岁，夫妻琴瑟和谐，子孙承欢膝下。长征总支送给他的挽联正可作为他一生的总结：

三十载烽烟 三十载磨难 四十载躬逢盛世，君逾百岁阅遍繁华世界；
五千里抗战 五千里河山 七十万长征桃李，诚知钱塘难留眷侣神仙。

（朱和曼）

肝胆相照王景舜

王景舜（1919～2000），有别于其他廿三里人，他是位土生土长的山东人，最后扎根于义乌，成了老一辈的"新义乌人"。

1919年8月，王景舜出生于山东省丰县。山东一带是孔孟之乡，自古注重文教，王景舜自幼便接受良好的教育，并考上上海某大学就读。学生时代的王景舜接受了进步思潮的洗礼，开始逐步接触共产主义思想，并立志投身救国事业。

1943年2月，王景舜经组织委派，来到"义乌县抗日自卫独立大队"任大队指导员，正式走上革命道路。不久担任中共浙西特委组织部长彭林的副官，后任联络参谋兼义东北情报站站长，从此和彭林一同出生入死，建立了深厚的革命友情。

当时的义乌独立大队虽然打的是国民党军队旗号，实际是由共产党领导的抗日武装力量。但因为当时独立大队穿的还是国民党的军服，群众并不太信任他们。为了打开局面，彭林认为必须向日本军队开刀，把部队抗日的旗帜亮出来。1943年10月9日，独立大队决定攻打位于青口大元村的日军尧山据点。经过精心策划，他们组成9人突击队，化装成民夫混入日军据点，里外配合，全歼了日军一个分队28人，缴获轻机枪两挺，掷弹筒两个，三八式步枪18支，弹药一批，狠狠打击了日军的嚣张气焰，打响了义乌独大的名声，给予老百姓极大的鼓舞，纷纷称赞独立大队是"人民自己的部队"。

1943年12月初，国民党李中华部副大队长何守乾火烧华溪附近的陈驼村，因为陈驼村的任恭涵是独立大队的附员，何守乾不仅火烧任家，还杀死了任恭涵的父母兄弟等数人，仅任的妻子及一个妹妹侥幸逃脱。

彭林闻讯，打算活捉何守乾，打击国民党反动派的嚣张气焰，便派王景舜带领下属前往侦察。何守乾率领部队驻扎在延寿寺，山上架着机枪，王景舜认为此处一定还驻扎有土匪部队，且有排哨，务必要小心行事。于是，他躲在树丛中拿起望远镜仔细侦察排哨，却因镜片反光被排哨发现，眼尖的敌人立刻对王景舜的藏身之处进行扫射，子弹甚至打断了王景舜隐蔽之处手臂粗的树枝。王景舜立即向彭林做了汇报，彭林下令用猛烈火力向敌人发起反攻，敌人被打得溃不成军、屁滚尿流。何守乾见势不妙，赶紧让部下用箩筐抬着从华溪任姓塘逃往东阳冰糖坑。彭林率领部队紧追不舍，一直追到上华溪，再至东阳金鸡吊，最后回廿三里宿营，虽未擒获何守乾，也已狠狠打击了他的嚣张气焰。何守乾被箩筐抬着仓皇逃命的狼狈之景，华溪有很多老人都曾目睹，记忆犹新。新中国成立后，何守乾在温州被捕。解放初，华溪一带妇孺皆知的新闻《火烧记》，便是描述此次战斗的。

此外，王景舜还参与了策反坂本寅吉等革命活动。

王景舜对彭林忠心耿耿，彭林对王景舜也是十分关心，后经彭林介绍、组织批准，王景舜与廿三里一位女子成婚，从此和廿三里结下了一生的缘分。

1943年11月，彭林率部宿营在华溪鲍寺村，第二中队上士班长杨仪偷偷带着三名外籍士兵携带从大元村尧山岗楼缴获的两挺机枪、四支步枪、一门掷弹筒潜逃。彭林发现后，马上派王景舜前往追踪，获悉杨仪投奔了驻浦江松溪的浦江警察大队骆善大。王景舜立即将这一情况报告给彭林，彭林认为有加强和坚勇大队联系的必要，便委派王景舜与坚勇大队领导陈福明保持联络。

之后，彭林曾两次派人去缴骆善大部队的枪，虽让骆善大部队侥幸逃脱，但缴获了百余支枪，极大地震慑了敌人。因与坚勇大队联通讯息，12月，坚勇大队的领导江征帆、陈福明向上级汇报了独立大队的情况，经浙东区党委转华中局请求党中央查询结果，得知彭林是1937年便追随张爱萍将军由延安到上海秘密从事地下工作的老共产党员，确定独立大队是"白皮红心"的抗日人民武装。

1944年1月下旬，彭林与陈福明秘密会面，两人相见恨晚，当即决定联合作战，消灭伪义乌县警察中队。2月7日，彭林派孙秉夫率三中队夜袭白塘畈和宗宅，缴获33支步枪，全部交给坚勇大队，壮大了抗日武装力量。吕师扬得知此事后，恼羞成怒，正欲下令让彭林带独立大队回永康"整训"，却被省国民政府撤职。浙江保安司令竺鸣涛决定剿灭活跃于会稽山脉的浙东游击司令部三、五支队及所属的金萧支队、八大队，便派浙江保安大队二、五两个团进入诸暨。

面对来势汹汹的敌人，彭林毅然在义乌六都坑屏风石率领三百余人，包括十挺机枪宣布起义，并在义乌县大畈村与金萧支队会合，义乌独大成为金萧支队独立大队，彭林任大队长，成为新四军浙东纵队大家庭中的一员，王景舜也公开中共党员的身份，参与了部队改编。

由于独立大队原来是国民党的队伍，虽然起义了，但因时间仓促，尚未进行必要的清理，混入这支部队的，还有一些国民党余孽，他们一直试图阴谋搞反革命兵变。

第一次便发生在起义后大会餐的当晚，会餐前，彭林召集全体班以上干部讲话，说明部队起义后，归属金萧支队领导。今后，要在支队的领导下，共同战斗、风雨同舟，为争取抗日战争的最后胜利而奋斗。

其中，有个叫陈德茂的分队长，是吕师扬的亲信，会餐后，他用金钱利诱几个班长，以打牌为掩护，煽动他们武装叛乱。他说，部队投了共产党，共产党是杀人放火、共产共妻的，以后大家肯定没有好日子过，还提出了"打回老家去！"的反动口号。约定当晚十二时，用一挺机枪对天扫射为信号，先杀死彭林、孙秉夫等人再将队伍拉向永康。

当时，王景舜等人得知消息后，立刻秘密向孙秉夫、彭林汇报。于是，部队紧急封锁一切通道，并集合由彭林训话。

彭林义正词严地说："我们宣布起义，是来自人民，为了人民，为了抗日。我彭林不是把大家带到黑暗的道路上去，而是领导你们走上光明大道。"接着，他厉声说："现在，据可靠消息，竟有人在阴谋组织武装叛乱，妄图投敌，这是最可耻的行为！我宣布：要抗日的留下来，不愿抗日的可以走，要吃饭给粮，要走路给钱，人各有志，决不勉强。但是，谁如果要带走我们用鲜血和生命换来的一枪一弹，那就不要怪我姓彭的手下无情！"说到这里，彭林猛地把手枪重重地摔在桌子上，冷冷地扫视全场，会场顿时被镇得鸦雀无声，气氛极为紧张。

王景舜向来极为敬重彭林，也忍不住站起来气愤地说："彭大队长爱兵如子，是我们的父母官，竟有这样的民族败类，妄想搞武装叛乱！究竟是谁？有种的站出来！"在彭林和王景舜的怒目而视下，试图叛乱的人一个个先后站了起来，最后，为首的分队长陈德茂也不得不站出来，哆哆嗦嗦地承认是他组织策划的。陈德茂立刻被捆起来，押送到支队部处理，第一次反革命叛乱便被粉碎了。

独立大队的起义，引起国民党的一片恐慌，他们勾结敌伪进行扫荡、追歼。支部为了巩固独立大队，专门派副政委兼政治处主任钟发宗前来蹲点，以加强对部队的教育和管理。一次，部队为了避开敌人的正面进攻，转移到路西，住在诸暨姜洛坞一座大庙里。钟发宗和彭林去支队部开会，这时，某些心怀鬼胎的坏分子觉得领导不在有机可乘，又策划了第二次叛乱投敌活动。

彭林和钟发宗得到消息后，火速赶回大队，召开大会。简短讲话后，便将阴谋叛乱的五个人一一点名出列，主犯判处死刑，立即枪决。

通过两次及时粉碎武装叛乱未遂事件，独立大队内部清理了不纯分子，提升了整体政治素质，使部队的政治方向更加坚定。

不久，王景舜在经过组织批准后，回到廿三里务农，从此和彭林、关山、万里，失去了联系。

20世纪70年代，王景舜在报纸上得知了彭林的消息，便给他写信，失联近30年的两位老战友才再次互通上信息。

1993年6月，彭林将军回到阔别近50年的义乌，便指名要找王景舜见面。当时74岁的王景舜已入乡随俗，成了一名市场经营户。"欢笑情如旧，萧疏鬓已斑。"两位老战友见面，不由得感慨万千，两人在商城宾馆整整交谈了两个小时，虽然两人已分别近半个世纪，那份生死情却须臾不曾离开。1998年，已在全国风尘仆仆视察一个月的彭林将军仅在杭州停留一日，便通知王景舜前去会面，再叙战友情。后来，彭林将军还专门邀请王景舜一家到北京游览一个月，共话桑麻。

如今，两位老人都已作古，但他们之间肝胆相照的革命友情将永远留在后人心中。

（金灿）

跌宕起伏金允鳌

　　这是一张斑驳的买契，签署年份为民国十五年（1926）。上面写明廿三里桥头朱少放因缺用，自愿将继父遗下店屋前后两间房出典于本街毗邻金祖莲。金祖莲本是廿三里深塘村人，出自崇儒金氏，为元代大儒金涓的后裔，祖上皆为读书为官之人，也曾家境殷实，他的爷爷金绍美曾为太学生，因带头抗击太平军而殉难，时年仅29岁，从此家道中落。好在金祖莲娶了位漂亮能干的夫人施氏，施氏在廿三里老街开了家馄饨店，后来味美价廉生意兴隆，又扩建成了旅社，日子过得红红火火，金允鳌（1923～1996）正是两人最小的儿子。

　　金氏祖上一直推崇耕读传家，而金祖莲也将重振文脉的希望寄托在儿子金允鳌的身上，竭力培养儿子读书。金允鳌少年时便显露出极强的学习能力，读书过目不忘，不负父母重托，考上了浙江省立湘湖乡村师范学校（现为湘湖师范学校）。

　　1937年12月，日军侵华，湘湖师范师生在校长金海观的带领下，将校址从萧山县城迁至松阳古市广因寺。1942年上半年，因日寇流窜浙东南一带，湘湖师范又被迫转移至庆元县新窑镇。当时金允鳌才19岁，因为前一个学期他多半是在"打摆子"中过日子，身体每况日下，再加上两个哥哥均在壮年去世，父亲又离世，因此天性孝顺的他寒假便赶回到廿三里，一来为了养身体，二来也是让孤苦的母亲能常常看到他。

　　当时义乌四周较大的城镇均有日军驻扎，身陷沦陷区的人民苦不堪言。曾有同学约金允鳌一同返校，因家中临时有事，金允鳌未能成行，谁知这位同学居然在途中被土匪杀死，消息传来，金允鳌返校的日程更是一拖再拖。直到同班挚友永康人吕明德竭力督促他一同返校复学，两人才结伴来到庆元。

　　两人一路躲避日军和土匪的袭击，好不容易赶到学校，学校注册却已截止三十多天，吕明德因前一学期未在校，校方准许他入学。而金允鳌则被校方明确拒绝入学，他一连恳求两次均毫无结果。

第二天凌晨，金允鳌想着毫无办法，便去向金海观校长辞行。金校长嘱咐他第二个学期早点返校，在家不要荒废学业，他却故意侧过半个身子低声说："金校长，这次回家，我可能要去当汉奸了。"此话一出，金校长立刻被气得脸色铁青、浑身颤抖，差点昏了过去。看到自己平生最敬重的校长被气成这样，金允鳌后悔不迭，心中暗暗怒骂自己：为了上学，怎么想了那么个利令智昏的"鬼主意"。

等金校长的脸色逐渐趋于缓和，金允鳌开始向他解释："廿三里一带已经都被日本人占领，我是一个知识分子，回去做顺民恐怕还不安宁，学校不收我入学，叫我回沦陷区的家里去，这是驱鱼入渊。"金校长耐心听完他的解释，便拿出一张纸条，写上："准金允鳌暂时注册"，金允鳌顺利重返校园。

此事对金允鳌产生了深刻的影响，金海观校长的谦和大度、善解人意，也成为他后来为师的标准。近半个世纪后，金允鳌曾专门撰文记录下这段经历，对他来说，一切仍历历在目。

湘湖师范毕业后，金允鳌回到家乡担任老师，因文才出众、能力突出，解放初期便被任命为青口小学校长，后调任福田小学校长。任教期间，他以金海观校长为榜样，严慈并济、诲人不倦。

但也因他颇有文名，就被一群流窜于廿三里一带的土匪盯上了，他们邀请金允鳌去给他们当文书，金允鳌自然不答应，未曾就任一天。但这群土匪被一网打尽之后，依然供称金允鳌是他们的文书。结果，金允鳌以勾结土匪的罪名被抓进大牢，但是因实在无法定罪，就被判了劳动教养，下放农场。

金允鳌生性乐观、脑子活络，他虽是一介书生不擅长干农活，却胜在博览群书，有一肚子的故事能讲给同伴们听。金允鳌的口才甚是了得，一个普普通通的故事到他嘴里就能变得情节曲折，大家听得如痴如醉。于是，为了让他能多讲故事，大家就主动承担起他的劳动任务。从此，金允鳌免于劳作之苦，大家拥有了精神食粮，他们苦中作乐，互相扶持着走过了那段艰难的岁月。

回到家乡之后，金允鳌仍保持着讲故事的习惯。据村中老人回忆，每到盛夏之夜，金允鳌便会和同村人黄昌盈、丁成献一起坐在前溪岸边的大杨树下给乡亲们讲故事。凉风习习、茶香袅袅、月光溶溶，听三位"故事大王"讲《三国》、谈《水浒》、聊《三侠五义》，成了不少人心中最为美好的仲夏夜回忆。

结束劳动教养后，金允鳌回到家乡。一日，有个民间婺剧班到廿三里演戏，金允鳌与乡人一同去看。台上演得热闹非凡，台下看得有滋有味。金允鳌却笑着嘀咕了一句："这我也能演。"旁人听他那么一说，便拉着他打起赌来："你要是今天登台去演，我就输给你十块钱！"这时，围观的乡人们也饶有兴致地怂恿金允鳌登台去演给大家瞧瞧。

"演就演！"金允鳌也是个不服输的性子，二话不说便跑去后台与戏班老板商量，让他演演试试。戏班老板见他广额方颔、浓眉大眼，看相貌还真是位演戏的好材料，便乐得成全。于是，金允鳌装扮一番，不慌不忙地上台演了一出婺剧经典选段《秦琼游四门》。金允鳌虽是第一次登台，但他唱功了得，举手投足间颇有范儿，引得台下看热闹的乡亲们不断地鼓掌叫好。最后，那位和他打赌的乡人还真给了金允鳌十块钱。

更有意思的是，戏班老板看金允鳌演得如此传神，当场邀请他加入戏班。金允鳌一寻思，这样既能过唱戏的瘾，又能补贴家用，当即同意。因为他有文化，还常常自己编剧由戏班演出，甚至他还因拉得一手好二胡，能随时顶上琴师的缺，可谓戏班中的"万金油"。

20世纪80年代初，金允鳌恢复了公职，按说该安享晚年。但闲不住的他，以惊人的毅力在退休后又考取了律师执业资格，在1985年8月经义乌县司法局批准，成为律师工作者。

紧接着，金允鳌在苏溪创办律师事务所，帮助远近乡邻打官司。金允鳌一直牢记当年金校长的教诲，秉承"铁肩担道义、妙手著文章"的理念，凭着一张"铁嘴"，成为义东北一带远近闻名的律师。

曾有穷苦百姓前来求他帮忙打官司，但又出不起律师费，就担着自家种的粮食前来请他帮忙，来者哭着说："金律师，我实在出不起律师费，若你愿意帮我，就收下这些粮食，你如果不帮我，那我也是走投无路了。"金允鳌细细了解了案情，便让他先把粮食带回去，再帮他搜集证据。最后，金允鳌帮此人打赢了官司，此人又担来粮食，千恩万谢，金允鳌却怎么也不肯收下。

尽管金允鳌身为知识分子，但他并不清高，而是机智幽默，乐于和自己的苦境相周旋，从不绝望，也从不泯灭对理想的追求，总能笑看云起云落，月白风清。

（金灿）

飞越缅北黄昌杰

　　黄昌杰（1925～2009），原名黄椿，1925年1月出生在廿三里前店村。

　　1942年，义乌沦陷，面对日寇的烧杀掳掠，廿三里人民生活在水深火热之中。1943年，黄椿刚满18岁，便被国民党抓了壮丁，几经辗转加入中国远征军，改名黄昌杰，并随部队来到印度兰姆伽集训。当时，美国为了帮助中国装备和训练军队，在此设立了指挥部，由麦克甫将军和各兵种军官组成。

　　兰姆伽位于印度东北部的北哈尔邦，是个远离城市的偏僻小镇。这里除了干涸的河谷就是荒凉的山谷，生活条件非常艰苦。但黄昌杰胸怀国仇家恨，刻苦训练，盼着上战场好好教训教训日本人，在这里他接受了驾驶技能的培训。

　　1943年10月，为配合中国战场及太平洋地区的战争形势，中国驻印军制定了一个反攻缅北的作战计划，代号为"安纳吉姆"，以保障开辟中印公路（中国昆明－印度利多）和铺设输油管。计划跨过印缅边境，首先建立进攻出发阵地和后勤供应基地；而后翻越野人山，以强大的火力和包抄迂回战术，突破胡康河谷和孟拱河谷，夺占缅北要地密支那，最终连通云南境内的滇缅公路。10月下旬，第二批中国远征军在英美军队的配合下，进入缅甸，向缅北日军发起反攻，黄昌杰也身在其中。

　　面对闷热无比的天气、野兽出没的热带丛林、防不胜防的毒虫，以及日本人的猛烈袭击，远征军不断有伤亡，黄昌杰与战友们一道咬牙坚持着，他们心中坚持的信念便是：打败日本侵略者，早日回到故土。1945年3月30日，中国远征军终于攻克乔梅，与英军胜利会师，至此，中国远征军的任务顺利完成，黄昌杰也随部队凯旋，九死一生重回祖国怀抱，黄昌杰也是感慨万分。

1947年1月，身在国民党部队的黄昌杰目睹了部队内部的一些腐败做法，同时也接受了进步思想，转而起义加入中国人民解放军，成为华东总兵站工训队学员，又担任鲁南三兵站救济分会驾驶员。后来因工作需要调入华东军区司令部车队，成为徐州运输公司台儿庄汽车站副站长，负责后勤物资的运输。

不久，国民党军队重点进攻山东解放区时，一位将军正在领导当地党政军民顽强地坚持斗争，黄昌杰就在其麾下从军，因其驾驶技术精湛，他便跟随着这位将军，在艰苦的战斗环境中，驾车护送这位将军通过层层敌防，保证了平安出线。

1948年11月6日，淮海战役打响，黄昌杰也随队全程参战，带领着车队，为前线抢送军需物资，确保了后勤补给，为新中国的建立立下汗马功劳。

新中国成立后，黄昌杰提出要投身地方建设，先是转业至山东临沂运输公司，后因思乡情切，于1959年回到义乌县工交局工作，后又调入公安局交警队，继续利用自己的汽车驾驶技术为人民服务，保障道路安全。1979年，黄昌杰在义乌市公安局交警队的岗位上光荣退休，并于1982年12月改为离休。

黄昌杰戎马半生，到地方工作后，本着低调为人的原则，绝少与后辈谈及战场上出生入死的故事，也从不提及自己的战功。因为在他眼中，自己相比那些牺牲在战场上的战友实在是太幸运了。

（金灿）

英勇无畏两兄弟

　　重庆市大足区，因"大丰大足"之意而得名，解放初期，一对义乌廿三里兄弟的英雄故事就在这里展开。

　　重庆解放初期，要支援解放成都的战斗，要解决人民的吃饭问题，再加上特务破坏、奸商捣乱，粮食奇缺，所以粮食问题就成了头等大事。而以当时的交通条件来说，从老解放区靠人力运来粮食，耗时耗力，非常不现实，于是便只剩下就地筹粮一条路。因为新到的西南工作团，大部分人是北方人，与当地群众沟通交流有障碍，而新参军的二野军政大学的学生们因为年轻且对革命有热情，也有一定的政治觉悟，且多为四川子弟，语言上与四川人民没有障碍，也容易互相交流，便成了最好的选择。

　　廿三里人陈盛响，当时还未满19岁，是中国人民解放军第二野战军军事政治大学三分队学员。他随部队来到西南，也加入了征粮队伍。

　　1950年1月30日，正值农历腊月十三，寒风呼啸。双路乡土匪头子覃正君秘密召集原国民党军队营长何绍武、原国民党县长于中杰、土匪郭树林等数十人开会，打算第二天凌晨围攻璧山军分区前来大足双路乡购猪过年的一个解放军班和双路乡的征粮工作队。

　　1月31日，陈盛响与同为军大学员的冯维刚、王予、伍汀、徐世溥及随营教导员白彪等一行7人从龙水镇来到双路乡征粮。他们在乡公所召集保长布置征粮任务，因为乡公所内有个区中队（旧武装）已经叛变，征粮组突围受阻，只能退守到四保保长的家中。战斗从凌晨一直持续到中午，土匪们还派当地的开明绅士李年兴前去劝降，李年兴同情解放军战士，便把自己的一支木壳手枪送给了征粮组战士防身。但因为购猪班战士和征粮队被土匪分别包围，上午十时许，征粮队七名战士最终寡不敌众，被土匪俘虏。

此时，在观音寺，购猪班战士和土匪还在殊死搏斗中。因为久攻不下，土匪头子覃正君便威逼随营教导员白彪前去劝降，说："如果投降，封官加级，每人赏大洋！"白彪一边假装喊话"劝降"，一边瞅准机会跑进了购猪班战士的阵地由此脱险，他逃回自己阵营后告诉购猪班战士们："被扣同志已押上山，救不出来，快突围吧！"（后来，白彪一直为此事内疚不已。）

土匪撤离途中，路过双路乡场口，越想越气的土匪支队长大佬弯拖出了一名征粮战士要他当场下跪，遭到严词拒绝，恼羞成怒的土匪便当场枪杀了这位战士（后查明这位战士名叫冯维刚，他的遗体由当地百姓偷偷掩埋），以儆效尤，并大吼："不投降照他的办！"但几位战士没有丝毫畏惧，他们依然表示绝不投降，土匪们无奈之下把剩余的五人吊打了一顿，搜去身上所有财物，继续由另一名支队长郭树林把他们往西山上押。

五个人被土匪捆绑，一路带到了深山中，来到马家山风洞旁。这个风洞在当地是一个神秘的所在，传说这个洞深不见底，直通龙官，里面住着蛇精，随时会吞下误入洞内的生物。为了分化瓦解，土匪们提出：只要投降，新入党的不杀，刚毕业的不杀。陈盛响还是军校学生，本也属于不杀的行列，但他义无反顾地喊出了："我是共产党员，我绝不投降！"便毅然决然地跳下了风洞。

陈盛响跳下风洞之后，另外四个人被他的英勇无畏所感动，也喊着："绝不投降！"声震山林。土匪们看他们都没有投降的意思，便把他们四人按住剥光衣服，将其一个个踢下了风洞，五位战士从此静静躺在了风洞中。寒风呼啸着吹过山林，呜咽声声，似乎也在替战士们鸣不平。

1950年8月上旬，正在重庆军管会工作的陈盛龙来到了大足，此次前来除了工作需要，还有一个重要的原因：他是陈盛响的哥哥。

5月，陈盛龙收到与弟弟同年参军、同年进入军校的战友黄允喜来信，信上说："你弟陈盛响情况不明，可能失踪。"此后，陈盛龙一直在想尽办法找寻弟弟的下落，他去十二军军部取介绍信，再徒步去大足，最后由大足部队护送他至双路乡。来到双路乡后，陈盛龙顾不得休息，便开始了解风洞事件的内情，从风洞事件首尾亲历者李年兴到土匪支队长郭树林，再到四保保长、知情群众等，痛心、惋惜、愤怒种种情感交织在一起，让陈盛龙越发迫切想找到弟弟。当听到弟弟的钢笔被土匪搜走时，更是悲愤交加，因为这支新民钢笔是他在四川彭水与弟弟见面时送给弟弟的礼物，见证着他们的兄弟情义。

第二天，准备就绪之后，陈盛龙立即带着一个排的解放军以及保长、部分群众，由郭树林当向导，前往西山寻找风洞。但因大足一带地形复杂，他们在山上走了两个多小时也还没找到风洞。

就在众人有些泄气的时候，他们在山里遇到了一位老猎人，老猎人曾目睹了七个月前的那次惨案，也深深被五位战士的勇气所折服，但他又害怕遭到土匪的报复，一见到解放军什么也不敢说，只是默默流泪。陈盛龙注意到了这一情况，晓之以理动之以情，说服猎人带着他们寻找风洞，终于在乱草丛中找到了风洞口。

只见风洞深不见底，一股股寒气只往外冒，尽管当时正值盛夏，却冻得人直竖寒毛，该怎么下去找烈士们的遗体呢？好在足智多谋的陈盛龙已提前从老乡那里借来了麻绳、箩筐、公鸡、刺刀等物品。大家在麻绳的末端栓上一个大箩筐，在箩筐里放上公鸡、刺刀和石块，缓缓将箩筐放入洞中试探。等到箩筐放到底部后，等了一会儿，再将箩筐吊出风洞，大家发现公鸡完好无损，只是冻得瑟瑟发抖，刺刀也是冰冷的，说明洞中并无野兽，只是温度较低。而根据下放绳子的长度，估计洞深达三十米。保险起见，解放军战士又往洞里打了一梭子弹，除了隐约听到一些子弹的回声，阴沉的风洞依然毫无动静。

第二天，解放军战士增加到了一个连，在外围做好警戒，开始准备下洞。虽然已经事先对风洞进行了初步勘察，但先让谁下洞，依然是个问题，毕竟这漆黑的风洞内到底还有什么危险，让人琢磨不透。这时，陈盛龙想到了郭树林，作为风洞事件的始作俑者和实际执行人，他要求郭树林戴罪立功，首先下洞。

陈盛龙给了他一盏桅灯用于照明，一把刺刀用于防身。郭树林下到洞中之后，扯了扯绳子表示安全。过了许久，洞口的解放军战士们听到郭树林在洞底传出微弱的声音："一个、两个……五个！"此时的陈盛龙再也无法按捺住自己的情感，他打算立即下到洞中去亲自找一找他最亲爱的弟弟。营长教导员担心陈盛龙的安危，都劝他不要下洞，但他坚持要自己下去看一看，这一天他等得太久了。

下到洞中，陈盛龙发现洞底是一段泥沙堆积成的坡地，大约四十平方米，他拿着桅灯看了一圈，周围漆黑一片，并没有找到五位烈士的遗体。于是他又顺着缓坡一路往下走，终于发现了一具遗体。仔细一看，居然就是自己的弟弟陈盛响！也许是因为洞内气温较低，尽管已经过去了七个月，但遗体毫无损坏，面色如生。

陈盛龙强忍住泪水，继续搜寻，终于找齐了五位烈士的遗体，其中只有陈盛响还身着棉军衣，其余四人一人穿军短内裤，三人全身赤裸，都是就义前被土匪剥光衣服所致。五位烈士的遗体有的背靠洞壁，有的身体蜷缩成弧形，有的怒目圆睁，从现场情况来看，似乎被推下风洞后并未当场牺牲，而是因饥饿、寒冷无人救治而亡，令人痛惜。

陈盛龙与郭树林将五具遗体一一编号，随后，陈盛龙首先出洞，由郭树林在洞底将五具遗体一一放上箩筐，吊出风洞。烈士们一出风洞便被等候已久的解放军战士用军棉被包扎好，记录下体貌特征，抬到山脚下的一个晒坝上。

起尸后的第二天，当地政府买来五口棺材装殓遗体，当地群众得知年龄最小的烈士陈盛响是陈盛龙的亲弟弟，便提出将最好的这口棺材给陈盛响，但陈盛龙婉拒了群众的好意，坚持按照编号次序入殓。

当晚，陈盛龙默默凭吊了弟弟，他有太多太多的话想对弟弟说，临到头却怎么也说不出来，只是垂泪了一晚，是夜无眠。他想起父亲曾经说过：人死了总要有块骨头回乡。于是，他偷偷砍下了弟弟的一段小腿骨寄回廿三里老家，也算是依照乡风让陈盛响魂归故里。后来，这节小腿骨被安葬在廿三里后畈陈盛响烈士墓，如今迁葬于长城公园。青松翠柏无声地守护着烈士的忠魂。每年清明，陈盛龙都会到公园祭拜弟弟，以寄哀思。

隔日，解放军戒备森严，双路乡的数百名群众自发为五位烈士送葬，将他们一起安葬在双路乡南面山脚旁的一块朝南的山坡上，墓前立木牌，上书："中国人民解放军第二野战军十二军某部征粮大队队员陈腾响（陈腾响疑为口误）五位烈士之墓。"陈盛龙为修墓的百姓买来一些吃的，但他们谁也不肯吃，并非常伤感地告诉陈盛龙："他们年纪轻轻就为我们死了，太痛心了……"几位烈士的遗体后又迁葬至烈士陵园，供后人凭吊纪念。

解放军继续护送陈盛龙回到大足县，开具证明后，他回到军部领取了陈盛响的烈士证和纪念品，看到和自己从小朝夕相处的弟弟只余下这些留念，陈盛龙不禁又泪如雨下。但他化悲伤为动力，暗下决心要代替弟弟将工作做好，他马不停蹄回到重庆军管会开展工作，之后赴南京读书，1985年离休。

（金灿）

钢铁战士黄昌悌

黄昌悌（1933~）1933年12月出生于廿三里前店村，后就读于廿三里小学、东阳中学。1949年9月，黄昌悌进入浙江省干部学校（浙江省委党校前身）学习，1950年3月毕业后，加入中国人民解放军，开启军旅生涯。

入伍后，黄昌悌被编入铁道兵部队服役，从此他和铁路结下了不解之缘。新中国成立之初，百废待兴，为尽快恢复国民经济，中央军委将铁道部队投入支援国家经济建设的行列中。铁道部队于1950年转入以担负主要铁路干线、桥梁为重点的复旧工程。

黄昌悌接受了完整的中学教育，有扎实的文化功底，所以在部队中属于文化程度较高的战士，很快他便受到了组织的关注，被任命为文化教员，主要是教授军歌并为战士们进行基本的文化扫盲。新中国成立之初，国民文化素质普遍不高，大部分战士都大字不识，而组织上要求每个人要认识1500-2000字，再加上战士们白天要进行军事训练，只有晚上才能抽时间进行文化学习，因此黄昌悌的教学任务颇为繁重。但他耐心教导、悉心指点，不放弃任何一位战士，最终在他担任文化教员的部队中实现所有战士都扫盲成功，均能独立阅读、给家人写信。这也为黄昌悌后来走上教学岗位奠定了基础。

1950年6月，朝鲜战争爆发，10月中国人民志愿军开始入朝作战。正所谓"兵马未动，粮草先行"，朝鲜战场一片焦土，中国军队不能随处筹粮，也无武器装备就地供给，所有物资全依仗后方通过交通线运输。所以，1951年4月，黄昌悌所在的铁道兵部队"铁二师"从广西柳州出发，乘坐一天一夜的火车，到达辽宁安东（今丹东），22日立即修建4月10日被美军炸毁的安东鸭绿江铁路便桥。当时鸭绿江大桥损毁非常严重，只能供汽车和人通行，火车无法通过，而战时物资紧张，需要火车才能大量运输。为了保障运输，黄昌悌和战友们仅用19天就修建了一条能够维持短期通车的临时铁路，绕道安东通往朝鲜，让后方的增援物资能尽快输送到朝鲜前线。

1951年5月铁二师入朝后，他们先是担负起京义线西浦—孟中里段和价川支线107.73公里铁路和护路任务。后来又奉命移交价川以北线路，接管满浦线价川—顺川段与平元线顺川—西浦段，这个著名的"三角地区"。在迎击美军空中绞杀战的同时，还打通了敌人对"三角地区"的封锁。战场上从不见铁道部队旗帜、番号和身影，但是，无论白天黑夜，他们随炸随修，确保人在路通。正是有黄昌悌这些铁道兵的默默守护，火车才能及时将作战物资源源不断送抵前线。经过战火的洗礼，黄昌悌对中国共产党的认识更加深刻，也产生了进一步向党组织靠拢的想法，1953年黄昌悌在朝鲜战场火线入党。

黄昌悌从朝鲜战场归国后，尚未洗去征尘便受命开赴厦门，参与广西黎塘至雷州半岛的湛江港的铁路建设，这是我国南方出海的一条重要通道。解放军铁道兵部队和两广沿线10多万民工同时在300多公里的铁路上筑路，大家充满着对新中国、新时代的憧憬，埋头苦干，仅用十个月的时间便建成通车。

紧接着，黄昌悌又随部队马不停蹄来到江西鹰潭，修建鹰厦铁路，即鹰潭至福建厦门的铁路，全长705公里。这一路，有武夷山脉、戴云山脉，地势险要，可谓风景奇绝，但对于铁道兵来说却是异常辛苦。他们不得不劈山开路，以"叫高山低头、河水让路"的英雄气概奋战到底，大型机械无法上阵时就靠肩挑手扛，经过一年零十个月的艰苦奋战，于1956年12月9日铺轨到达厦门，实现了提前一年通车的目标。

那个火红的年代，大家都铆着劲为国家作贡献，顾不上休息，黄昌悌又奔赴内蒙古包头参与包兰铁路的修建。如果说鹰厦线还有秀丽的山川可以欣赏，那么在包兰铁路一带只有漫漫的黄沙，尤其是冬春时节，西北的风吹得真猛啊，人甚至不能张口说话。有时十级左右的大风突然袭来，顿时黄沙飞舞遮盖了整个天空，刚修建的路基，常常被流动沙丘所覆盖，有时甚至直接被风刮得无影无踪。但黄昌悌和战友们没有气馁，他们满怀"今日吞风饮黄沙，明天彩虹草原挂"的豪情，加班加点令不少工程提前竣工。1958年7月，包兰铁路通车，书写了新中国铁路史上在沙漠修建铁路的新篇章。

1958年8月1日起，黄昌悌随"铁二师"从大西北来到西南，开始担负湘黔线建设。1960年1月开始参建娄邵支线。

1965年，毛泽东主席决定向越南提供全面无私的援助。4月27日，中越两国政府签订了关于帮助越南修建铁路和提供运输设备器材的议定书。中国帮助越南在河内以北地区修建的铁路工程项目达100个，黄昌悌随部队于1965年，从友谊关河口赴越，执行对河内以北地区铁路的抢修、抢建任务，成为中国后勤部队第一支队。

当时，铁道兵们不光要克服不易就地取材的困难，还要适应酷热多雨的环境，更要随时防备头顶的美机轰炸，但他们没有人喊苦喊累，奋战至1970年6月5日，提前完成各项工程，共计完成了新建铁路117公里、改建铁路362公里、抢建铁路战备工程98公里，新建铁路桥梁30座、隧道14条、新建扩建铁路站段20个、架设通信线路1023对、敷设水底通信电缆近8公里。

正因为铁道兵们的艰苦付出，后来黄昌悌和战友们被越南胡志明主席邀请参加庆祝大会，还获赠了一枚越南人民民主共和国奖章。奖章见证了中越之间唇齿相依的兄弟情谊。

回国后，黄昌悌又参与了襄渝线等铁路的修建，为筑起祖国的钢铁运输线做出了贡献。

在军中，黄昌悌历任团参谋、师宣传干事、宣传股长、营政府教导员、团政治处主任等职。因为在军队长期从事政治工作，具有较高的政治素质和理论修养，本着为国家继续培养军事人才、铁道人才的宗旨，黄昌悌重新拿起教鞭，转入长沙铁道兵学院（现为中国人民解放军国防科学技术大学）担任老师，之后又成为解放军长沙政治学院副师职哲学教员，最后以副师级离休。

（金灿）

海岛尖兵黄以义

　　黄以义（1930～），廿三里村下街头人。1949年5月，义乌解放，19岁的黄以义看到入驻的解放军军纪严明，便主动报名参军，加入了中国人民解放军，并随军来到宁波。

　　1949年10月1日，中华人民共和国宣告成立，但仍有一部分区域尚未解放。10月3日，黄以义随第二野战军参加了解放浙江舟山金塘岛的战役。金塘岛是舟山的第四大岛，位于舟山大岛和浙东大陆之间，是国民党在舟山本岛以西的最大钉子。

　　当天17时，连日的阴雨突然停止，解放军果断发起进攻，经过90分钟的炮火准备，500余艘战船分三路驶向金塘岛。经过激烈的战斗，10月5日，刚刚拂晓，黄以义与战友们攻取了西北部渡口沥港和大鹏山，金塘岛宣告解放。黄以义并不在海边长大，乘坐战船对于他来说并不是件易事，再加上海浪翻滚，以及激烈的战事造成的船体颠簸，让他苦不堪言。但上岸之后，当时的黄以义还是凭着一股子初生牛犊不怕虎的劲，抢着冲在前方，成为海岛尖兵，直到获胜之后才感觉到自己已是饥肠辘辘、满面尘灰。

　　在这次战役中，黄以义与战友们共毙伤233人，俘虏国民党军2409人，缴获大量军用物资，此外还击伤国民党海军舰艇两艘。这是黄以义第一次参加渡海登陆作战，尽管他在部队中只是个新兵，也依靠实战进一步积累了作战经验。

　　大陈岛，位于椒江区东南52公里的东海海上。地处台州湾东南，台州列岛中南部。岛上岗峦起伏，自然风光独特，也因此成为浙中南国民党残部的主要据点。1953年7月，朝鲜停战协议签字，朝鲜战争正式结束，解放军主力部队撤回国内。1954年7月，休整一年后的解放军再次提出"解放台湾"的口号。为了建立攻打台湾的前进基地，削弱国民党军队的实力，解放军对国民党军队占据的浙江沿海岛屿，特别是向大陈群岛发起军事进攻，黄以义再次走上战场。

当时，大陈岛是国民党军队在浙江沿海岛屿的指挥中心，据守大陈群岛的国民党军队约有23000多人。1955年1月18日上午8时，解放军华东军区以1个步兵师、137艘各型舰艇、22个航空兵大队，对大陈群岛中的一江山岛发起进攻。当天下午2时，在海、空军的联合掩护下，解放军陆军部队开始向一江山岛强行登陆，下午5时30分占领全岛。此次战役是解放军三军部队首次对近海岛屿的国民党军队发动联合作战。2月13日，大陈群岛全面解放，成为中国大陆最后一个解放的地方。获胜后，黄以义和战友们难掩心中的喜悦，热烈拥抱、互相庆祝。

解放大陈岛之后，黄以义解甲归田，回到家乡从事劳动生产。20世纪60年代曾担任廿三里村的党支部书记，继续用自己的才智为家乡贡献力量。

（金灿）

老街老店老柜台
摄影/李永

故乡情怀 乡韵绵长

　　他们虽然身在外地，但几十年来，故乡的青山绿水，蓝天白云，清澈溪流，仍时时萦绕在他们心田，成为他们心中抹不去的乡愁。特别是镇上那条古老质朴的老街，不仅承载着他们青葱懵懂的少年时光，而且在这里，他们参与并且见证了中国小商品市场的起步与中国市场经济的蓬勃发展。时光荏苒，岁月如梭，如今的他们已年过花甲，但是他们都曾在自己的工作岗位上取得了业绩，在他们身上可以看见廿三里人脚踏实地、敢为人先的精神。

老街的魂

　　离开故乡已经40多年，当年青春满怀，如今霜染白头，对故乡的记忆也在时光飞逝中慢慢淡去。偶尔回乡，也很难寻觅到多少旧时的风景，唯有那一条老街，似乎还在沉重地诉说着过去的故事和不屈的精神。

　　廿三里的老街，像一条两头微翘的扁担，分下街、中街、上街和桥头四个部分。从下街到上街，原来中间铺着长条的青石板，两侧是稍大点的鹅卵石，再往上的街沿是长长的青条石，古朴的民居和店铺分立街道的两旁，长长的，一眼望不到头。桥头主要是货市，是集市时可以自由摆摊的地方，供销社的百货商店也在这里。每到农历的一、四、七，便是廿三里的集市，四邻八乡的村民都来赶集，街上人来人往、熙熙攘攘、热闹非凡。许多廿三里人更是摆摊卖货，忙个不歇。因为廿三里本就是个因商而兴的集镇。

　　孩童时最言欢的事之一，就是在集市日偷偷地溜出家门，和小伙伴一起到街上人群中钻来钻去，享受那一种闹市的兴趣，尽管身上连一分钱的硬币也没有。在小摊上看见孩子最爱的纸火炮，脚就像黏在地上再也走不动了。趁摊主忙不过来，少不更事的我们有时实在忍不住会捡起一张，呼的一声，钻进人群中跑得无影无踪，背后传来摊主生气的一声怒喝。

　　记得每到夏天，我大奶奶都会熬几脸盘榛子豆腐到集市上出售。一小碗榛子豆腐，上面洒点红糖，再浇点醋，可以卖一毛钱。记忆中那是一种很美味的清凉食品。有时大奶奶舀一点给我们解馋，真的是可以幸福好一阵子，可惜这样的机会实在少得可怜。

　　经商或者说做小生意的理念，像基因一样根深蒂固地融化在廿三里和周边村庄人们的血液里。除了赶集，每年秋收冬种结束后，村里的青

　　壮劳力纷纷熬好红糖，配上小百货，挑起货郎担，摇着拨浪鼓出远门敲锣卖糖，换取鸡毛和一些可回收利用的废旧品，春节前早早出去，春节后迟迟回归。如今外地人成群结队到廿三里打工，而当年则是廿三里人顶风冒雪，风餐露宿，离乡漂泊，个中缘由很值得仔细品味。

　　从老街滋生出来的这种做点小生意的传统出乎意料地顽强。"文化大革命"中它被当作搞资本主义受到了无情打压，有几个做小生意特别本事，善打擦边球贩卖货物挣钱的，甚至被当作投机倒把分子批斗。在缺乏安全感的社会环境里，人们只好收起货郎担，蜷缩在家里头。老街的集市也变得冷清萧条起来。但是不管怎样打压，人们的心里始终像埋藏着一颗火种，稍有一点机会就会重新点燃。"文革"后期小平同志复出，以毛主席"三项指示"为纲，大力整顿国民经济。廿三里及四邻八乡的村民们又陆陆续续悄悄地外出敲锣卖糖。虽然在所谓的"反击右倾翻案风"中，又被当作资本主义尾巴宰割，但乡村干部多数也是睁一只眼闭一只眼，只为了应付上面的要求而已。

　　改革开放的春风，彻底地唤醒了蕴藏在廿三里人心中的经商做小生

老街店铺
摄影/吴贵明

意的热情，它像星火燎原一样一发不可阻挡，并且很快地便从敲锣卖糖收鸡毛和废旧品，升级为批量地贩卖纽扣、袜子、拉链等等小商品，还创造性地在廿三里桥头两个生产队的晒谷场上自发办起了小商品交易市场，成为远近有名的小商品集散地。

这一现象无疑引起了广泛关注。在极左思想远未肃清的社会环境下，批评声、怀疑声、担忧声都络绎不绝。好在当时的义乌县委主要领导颇为明智、颇有远见、颇能从实际出发，也颇敢为百姓担责，不仅公开地支持老百姓这种经商做生意的积极性和创造性，还在县城办起了小商品交易市场。县城交易市场的优势，无论哪个方面，都是远离县城23里的廿三里不可相比的。于是，县城的交易市场也就必然地取代了廿三里小商品集散中心的地位和功能。

如今，义乌早已成为世界著名的国际商贸城。以商兴市，闯出了一条新路，创造了一种模式，富裕了一方百姓。每次回乡，看见义乌城市的繁荣兴旺，心中自然生起一股作为义乌人的自豪。

但是再回廿三里，昔日的小商品市场早已不见踪影，古朴的老街因多年没有修缮也日益破败，连那承载着历史古韵、乡情文化的青石板路也被挖掉，换成了缺失美感和遐想的水泥路，心中禁不住一种难言的惆怅与失落。

此情此景，让谁能想到，义乌人经商做生意的吃苦耐劳、敢闯敢冒精神曾在这里孕育，义乌市以商兴市的发展战略曾从这里起源？树不可断根，人不能忘本。谁能善待这条充满艰辛和沧桑的老街，让它重现生机，使其不会泯灭在历史的尘埃中？

老街的魂，何日归来！

（施仁德）

（施仁德，1955年出生于廿三里下街头。北京大学哲学系毕业。曾任中共江苏省委副秘书长、省委研究室主任，中共中央办公厅调研时6组组长，中央组织部党建研究所所长。）

故乡的老宅

　　故乡的老宅位于上街头靠近"洋桥"的地方，是我祖上骆氏家族迁入廿三里老街后建置的。据《义乌骆氏宗谱》等载：骆氏发源于陕西，至东汉时有户部尚书骆雍临率族外迁随至义乌。在义乌下骆宅"骆氏宗祠"石柱上有"名尊四杰家古风，派溯三林世泽长"楹联，讲的就是骆氏后裔有松、竹、梅三支脉在义流传的史实。现虽在廿三里上街头、中街、下街头都有骆氏居住，但据调查，我家祖上（松林支脉）为较早迁居廿三里人家之一。

　　根据《江村骆氏宗谱》记载，我家骆氏一脉最早在义乌的江村居住。我的曾祖父（骆志鑫）家境条件良好，生有三个儿子（骆守允、骆守林、骆守昌）。经过多年积累之后，曾祖父认为有能力可外出经营产业，于是在民国年间迁居廿三里建置房屋营商。廿三里历来为一方重镇，交通便利，商业繁荣，骆氏家族的迁居之举为骆氏后人发展创造了一个更为良好的外部环境。

　　骆氏老宅虽没有像徽派建筑那样的艺术讲究，但也体现了浙中婺派建筑方面的一些特点。从整体布局看，老宅恰恰位于前溪和后溪（现已埋没）交汇点（下水口）旁，其三点汇合的"下水口"紧如葫芦喉，象征着聚财、保财的良好环境，可庇佑营商事业的兴旺发达。老宅白墙黑瓦，一共分为五间房，临街两大间二层街面房，专门用于经营"南北货"，还曾代办过临时邮政业务。后面三间分别为厅堂和东西厢房。中间有天井，下雨时四周雨水沿着屋檐落下来，院子里会形成"四水归堂"景象，也象征着财富的集聚。天井中央还有一口大缸聚水，用于防火。

　　祖上在营商致富的同时坚持诗书传家。记得小时候曾在家里看到过"营商好、读书好、两样都好才算好"的对联，曾祖父本人是清时太学生。大爷爷（骆守允）的孙子（骆有寿）为老浙大毕业。我爷爷（骆守林）和我父亲（骆正贤）除经常给我们讲一些"孝悌是持家根本、诗书是经世文章"等道理外，最喜欢的就是讲一些唐宋诗词特别是骆宾王诗文，常以"书剑走天下"的初唐四杰之一的骆宾王作为楷模教育我们，这使得我至今对骆宾王的《在狱咏蝉》《帝京篇》《易水送别》等诗文都较为熟悉。特别是我父亲会经常在墙上贴一些名人名句让我们吟读，并面对自然景观让我即时作诗，以训练我们思维，而我则常会以较出色的回答让父亲满意。正是上下贯通的书香传统，使我骆氏一脉在我父亲一辈中表现十分突出。父亲的大哥骆正涵为原国立北洋大学（现天津大学）毕业，后为省轻工业厅总工程师，父亲在高中毕业后加入了中国人民解放军，后在义乌市财税局离休；父亲的两个弟弟（骆正汉、骆正天）都为老浙大毕业；父亲的妹妹考上了上海外国语学院，后为杭州高级教师。在我辈中，我小叔叔的女儿骆曙文考上了北京大学；我于1978年考入金华农业学校后一直读到中共中央党校研究生毕业，后成为浙江省农业和农村问题的专家；堂弟骆刚是作家、诗人，其诗歌作品则多次在全国获奖。

我在骆氏老宅里度过了难忘的儿童年代和少年时光，在这里我也经历了许多让人难以忘怀的趣事。

骆姓墙界故事。在骆氏老宅临街房两堵马头墙下有比较显眼的两块大石碑，上面分别刻有"骆姓墙界"四个字。"文革"初期，一批红卫兵硬说这是"封资修"的界碑一定要挖掉。这怎么行呢？在祖父辈眼中，这两大块条石一方面具有界碑的作用，更重要的还在于它们还具有相当于"泰山石敢当"一样的镇妖避邪作用啊。老人们认为有了这两块条石镶嵌在墙脚作基奠，什么妖魔鬼怪和阳间阴间害人的东西都不会来。于是，我父亲便和他们争辩，这两块界碑是和墙基连在一起的，如被挖掉会影响整堵墙的稳定，无论如何也不能挖。后来，红卫兵只好拿了些水泥把两块大石碑连同四个字用水泥糊上。"文革"以后，我们就又把这两大条石碑连同四个字都清洗出来了，让"骆姓墙界"重见天日。

筑墙故事。50多年前的一场台风使我家中心间南面厢房东的一堵老

骆姓墙界
摄影/骆建华

墙和紧邻着邻家的一堵老墙同时开裂。当时邻居与我母亲商量说,可把两堵墙拆后合为一墙堵,并承诺他们会把墙全部修好,不要我们出一分钱,条件是要把这堵墙的墙脚打在我家原来的地基上。母亲很为难,因为虽然他们出了人力物力但可以扩张地盘;我家虽不出人力物力却会损失地盘。当年在外工作的父亲得知此事后,就给我们寄来了那首著名的"让墙诗":"千里求书为修墙,让它三尺又何妨,长城万里今犹在,谁见当年秦始皇。"父亲的意思是叫我们气量要大些,要充分听取对方意见。后来经多次协商,双方终于本着友好合作的态度把墙修好。

黑夜出逃故事。记得童年时的一个晚上,我与弟弟在玩耍打闹时弟弟突然大哭起来。母亲闻声赶来,顺手抄起一根棒子就追着要打我。我像老鼠一样"嗖"的一下往楼上窜。老屋结构前后楼贯通,我摸黑从后楼逃到前楼,但却发现前楼上空荡荡没地方躲。忽然我发现临街的两层屋檐中间有一扇"老虎窗"开着,就连忙从"老虎窗"里逃出。为找到跳到地面的支撑,我在下一层屋檐上往隔壁爬去,爬到两邻相隔的马头墙上。这时虽然黑夜的暗像深渊一样涌动,但在幽弱的路灯下,整条老街的恢宏气势仍然尽收眼底。我好不容易找到一根靠近的电线杆作支撑才跳到地面,在当年青石板与鹅卵石铺就的老街上走了大半个晚上才回到家,让我感动的是发现母亲仍然在老宅门口等候着我回家。

后来因为工作关系,我经常去全国各种古城名镇出差考察乡村古建筑,偶尔还会在被打造成客栈民宿的古宅中休息住宿。尽管这些客栈民宿或雕梁画栋气派不凡,或小家碧玉、精致典雅,都难以取代我记忆中那故乡古朴典雅的骆氏老宅。

时至今日,我仍然会时常在梦中见到故乡那青砖黛瓦的老宅,走过那布满青苔的天井,见到那守候在老宅门前佝偻着后背、满头白发的父亲和母亲。

(骆建华)

(作者系原中共浙江省委农业和农村工作办公室副厅级巡视员、省政府农村发展研究中心副理事长,义乌市廿三里街道乡贤会名誉会长)

鸡毛换糖的记忆

在20世纪70年代，鸡毛换糖是那个时代唯一不能"割资本主义尾巴"的小生意，因为生产队种地需要鸡毛当肥料。那时候正劳力一天工分价值0.2元，就算整年全勤，也只能收入70元左右，扣除换口粮钱后就所剩无几了，人们经济极其困难。因而鸡毛换糖做生意的人特别多，几乎是每家每户都有人出去鸡毛换糖，以贴补家用或改善生活。

当时，我家8口人，只有父亲是正劳力，其他家人合起来只顶一个正劳力，全部工分价值远不够换口粮钱，家庭经济特别拮据。

1972年春节前夕，我初中毕业回家务农后，也加入到鸡毛换糖的大军。这时父亲得到消息，江西毛笔制造厂要来义乌收购羊毛，其价格不菲，但大多数人因信息闭塞而不知道。我和父亲闻风而动，到义乌楂林鸡毛换糖，顺便收购羊毛。当时收购一只羊毛的成本大约为0.5元，至少可赚0.5元，相当于一个正劳力二天半的工分价值。义乌楂林的山区羊多，当地在春节前有宰羊过年的习惯。春节前后是收购羊毛的最佳时机，我和父亲经过半个多月的努力，共收购羊毛150斤左右，扣除成本获利近200多元。

做生意要有讨价还价的谈判技巧，我善于动脑子，生意经进步很快，我收购羊毛数量比父亲的多、性价比也比他的高。这趟生意利润丰厚，赚了个盆满钵满，家里还清了缺粮和借款，并且还有了积蓄，开始购买材料造房子。

从此以后，我除了农忙季节以外，就经常独自外出衢州等地，做鸡毛换糖的生意。那时候，由于出门做鸡毛换糖生意的人很多，生意特别清淡，有时候还赚不到饭钱，大多数人只赚到交任务的鸡毛，有时候还要亏本。开始时，我在衢州全旺一带做，那里地处平原丘陵，生意难做。

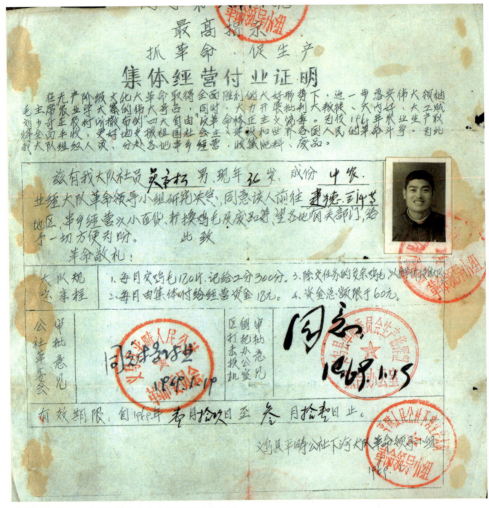

集体经营副业证明大队规定外出敲塘换鸡毛的社员
每月交鸡毛120斤，记给工分300分；
每月由集体付给经营资金18元；
除去任务的多余鸡毛，以牌价投售大队；
资金总额限于60元。

后来，我经调查分析后发现，在衢州大洲山区，山上一片片山地满
山遍野的棕榈树，棕是棕榈的树衣，虽然好棕在义乌和衢州的价格差不
多，但差棕的价格就差得很多。衢州当地人拿差棕垫草鞋不当货，义乌
人拿它打棕绳，一斤差棕可卖一元多。这样，我就来到衢州大洲，边鸡

毛换糖边做差棕生意。我提供山里人紧俏的小商品，如义乌红糖、香皂、针线等，用它跟衢州大洲山区山民换差棕。当时，义乌家乡的差棕每斤为1.1元，有很大的利润空间。如一块香皂0.18元可换来1斤差棕，一斤红糖0.6元可以换来4斤差棕，独门生意做得特别红火。我一般一个月做一趟生意，半个月在衢州大洲鸡毛换糖收差棕，半个月回家办货和出售差棕，每趟可以净赚80多元，比一个正劳力整全年收入还要多。而那时候我在生产队里每天的工分只有2分，整年全勤劳动价值不到16元钱。

在鸡毛换糖时，我有过一次骇人的难忘经历。我在衢州大洲进山做一次生意，一般要二至三天，借宿山民家里是必然的事，都是走到哪天黑，就借宿在哪。有一次，借宿在祖母和孙子的两口之家。到了吃过晚饭要睡觉时，我才发现自己睡觉的床边放着房东祖母备用的棺材。此时，天色已经很晚，已无法更换借宿东家。16岁的我感到非常害怕，只好硬着头皮，被子蒙着头睡觉。结果，晚上做起了鬼魅般的噩梦，并感到气闷难受。吓醒后，才发现原来是蒙着的被子妨碍了我的呼吸而感到气闷。

人们都说在家千日好，出门半日难。可我觉得出门天天好，在家日日难。一个人在外，孤独寂寞、害怕在所难免，但比起在家挨饿、高强度的劳动和可怜的劳动回报，也就不足为道了。

鸡毛换糖是我走向社会的第一站，它让我知道办法总比困难多，若要克服困难必须认真做。

（骆建华）

（骆建华，1958年生，廿三里上街头人，浙江大学博士学位。上海交通大学教授、博导。历任生物医学工程系主任，上海市生物信息中心副主任。曾任法国里昂国家应用科学研究院一级客座教授、澳大利亚新南威尔士大学、卧龙岗大学高级访问学者。）

乡音难忘

　　我的家乡浙江义乌廿三里，素有"鸡毛换糖故乡"之称。"鸡毛换糖"采用拨浪鼓招徕顾客，因而也被称作"拨浪鼓之乡"。我家也有一只拨浪鼓，小时候曾见到过它，也饶有兴趣地摇晃过它，只是以后便再也没有看见过它。

　　20世纪六七十年代，经常有"敲糖帮"摇着拨浪鼓，吆喝着"鸡毛换糖啰、鸡毛换糖啰"，从老街慢悠悠穿行而过，他们手中的拨浪鼓忽快忽慢，叮咚作响，如同一首美妙的歌谣。吆喝声起，就见有男的女的老的小的手上拎着点鸡鸭鹅毛或其他杂物，从四处来到老街。一路上，有小孩也摇着个拨浪鼓，一边摇一边吆喝着，齐刷刷围在"敲糖帮"身边。这时候"敲糖帮"便笑呵呵地忙开了：嚷嚷声中，手中的杂物被分拣入筐，针头线脑纽扣也是按需索取。在众人关切的目光中，货郎担上的铁皮盒子被打开，"敲糖帮"捏起小锤，敲击铁凿，叮当声响，一大饼姜糖被敲下小小的一些碎块，见者有份，递给小孩，小孩捏起，放进嘴里；老者接过，塞进兜里。

　　这就是"鸡毛换糖"，在我的家乡已经延续数百年，"敲糖帮"先人的足迹也曾踏遍闽浙赣苏皖沪一带的里弄小巷、城镇村庄。

　　"敲糖帮"的到来，最快乐的要数孩子们，嘴里啃着姜糖，手上摇着拨浪鼓，叮叮咚咚，你摇他晃，你追他赶，在老街上闹腾个不停。孩子们手摇拨浪鼓的声音，远不如"敲糖帮"摇得好听。可是这一个能叮咚作响的东西，却一直在撩拨着我的心弦。

　　我和拨浪鼓的故事，就从"金永和"（金重辉故居）开始。当时"金永和"对面的房子是供销社经营日用百货的商店，奶奶常常会牵着我去那里看热闹。有一次我赖在那里，手拍着玻璃，哭着闹着嚷嚷着"我要猫猫，我要猫猫"。大人们都不解我意，奶奶抱着我也只能撤离。回到

敲糖换鸡毛
摄影/金福根

家,我还是哭闹不休,扯着娘嚷嚷着"猫猫",执意要再去。于是,门市部的人员只好打开玻璃柜台后面的门,让我一件件地甄别,当抓起那件印有老猫商标图案的拨浪鼓时,我破涕为笑,不停地摇晃起来。见此情景,娘也恍然大悟,连忙抽身回家,取来个更大号的拨浪鼓,边摇晃着边递给了我。

自从有了这个宝贝之后,小伙伴很是羡慕。于是,比谁摇得声音好听,比谁能边摇边嚷嚷,就成了孩子们玩耍的内容。举着个硕大的玩意,一边手里要不停地摇晃,一边嘴里又要不住地吆喝,累得真是够呛,渐渐大家的嘴里也没了气力,声声嚷嚷,声声变慢,一声不如一声。

可是好景不长,记不清过了多久,有一天我和小伙伴,手摇拨浪鼓,跟着"敲糖帮"嚷嚷着在老街上闹腾的时候,从地里回来的爷爷看见了这一幕，他一把夺过我手中的拨浪鼓，满脸怒气，气呼呼地转身离去，于是我手中就再也没了那件玩意儿。

拨浪鼓是被爷爷锁在了一个我无法找到的地方。许久之后，才知道那只拨浪鼓是我家的祖传之物，连"拨浪鼓"一同传下来的，还有一副货郎担。年轻时，爷爷就是这一副货郎担的主人，进"金永和"做了伙计之后，这副货郎担连同拨浪鼓才束之高阁，成为闲置。听爷爷讲，早年间拨浪鼓制作，选料精良，工艺考究。上好的拨浪鼓，转动起来舒适轻快，手感好声音更好。手摇把柄，小珠弹跳如飞，声似珠落玉盘，清脆透亮有回音者为上。"敲糖帮"一出门就是半月整月，只身在外，不能光靠嗓子，走的多是熟门熟路，靠的多是熟人熟客。叮咚之间讲究的是手法与功力：节奏快慢、声音高低、声调急缓、力度张弛，既要与场景气氛吻合，还得与"鸡毛换糖"吆喝之声配合默契；要分得清谁主谁次，谁起谁伏，吆喝声缓，鼓声急促，摇将起来才能得心应手。时间一久，听到拨浪鼓响，就知道是谁来了，是刚来还是将走；熟人对熟客，有点什么货，留也留给你。于是，货郎人视拨浪鼓为掌上明珠，走村穿巷翻山越岭时，如突遭风雨，即使脱下衣服也要裹好拨浪鼓，不能让雨淋湿了；每到一地，人们闻声而来，便要先收拾好拨浪鼓，不能让人摸也不能让人摇，如果失手跌落，砸坏蒙皮，岂不是等于砸了自己的饭碗。

爷爷这些话，有的当时我能听懂，有的后来渐渐明白，有的至今也难透彻领悟。长大后，人虽然不在家乡走，拨浪鼓一直在我耳边响，爷爷的这番话一直在我心底留。

长大后，我有很多机会，与人讲起家乡，讲起老街，讲起拨浪鼓和"鸡毛换糖"。遗憾的就是再也没有见过老家祖传这只拨浪鼓，再也没有机会听爷爷讲一讲他和拨浪鼓的故事。

长大后，我也有很多机会去思考："鸡毛换糖"为什么能够生生不息，薪火相传？"鸡毛换糖"为什么能够生于兹长于兹，蜕变出名闻遐迩的义乌国际商贸城，彻底改写后代传人的前途命运？在我冥思苦想之时，耳旁就会响起拨浪鼓清亮激越的声音，我的思绪就会定格在视拨浪鼓为珍爱的父辈身上。"剪不断，理还乱，是离愁，别是一般滋味在心头"。我很想大声地问爷爷：问他祖传拨浪鼓的去处，问他拨浪鼓声音的妙处，问他"鸡毛换糖"的往事，问他所经历过的一切一切。我知道，心底涌动的这些就是乡思乡愁……

拨浪鼓作为一件商业道具，本身并无所谓地域文化色彩；拨浪鼓只有与家乡的"鸡毛换糖"融合在一起的时候才有了生命，才有了自己的鲜明个性和独特的文化内涵。这种个性就是"鸡毛换糖"的个性，这种内涵就是"鸡毛换糖"的商业精神与文化传统。

我惊叹于先人的睿智，创造出"鸡毛换糖"的辉煌。称之为"睿智"：一是家乡地处穷乡僻壤，"鸡毛换糖"是被逼无奈，迫于生存的产物；二是"取鸡毛而予糖"，诉诸人们的利益，能激发他人"改善生存"的利己之心；三是"取鸡毛而予糖"，取予快捷方便，进入门槛极低，交易成本极低，交易效率很高；四是"鸡毛换糖"，走村穿巷，"换"回来具有可利用价值资源，在家乡开辟出一条具有资源集散、商品交易、产业分工雏形的农工商一体化之路。

我惊叹于先人的睿智，创造出"鸡毛换糖"的辉煌。"鸡毛换糖"不仅创造出"改善生存需要"的大量物质财富，而且也有利于人们在头脑中逐渐培育出价格主导、资源配置、要素流通、产业分工这些观念，逐渐形成竞争合作、互利共赢、效率至上这些意识。这一切恰恰是现代社会市场经济体制机制所需要的。"鸡毛换糖"的商业实践，不仅在以小生产为主要特征的商品社会初期有着积极和独特的作用，就是在今天社会主义市场经济环境下，也大有裨益。

我惊叹于先人的睿智，拨浪鼓响，声声清亮，急促激扬。急促激扬——那是人类生存与发展之欲望，不屈不挠的呼唤！

我惊叹于先人的睿智，"鸡毛换糖"悠悠吆喝，悠远绵长。悠远绵长——那是商业文化逐利之精神，亘古不变的回荡！

拨浪鼓响，声声清亮；"鸡毛换糖"乡音难忘。长大后，人虽然不在家乡走，乡音永在我心底留，声声难忘，依稀可辨在心头！

（施文彬）

（施文彬，男，1955年5月出生于义乌廿三里村下街；1977年考入金华师范，毕业后在廿三里中学任教。1989年调入义乌市机关工作，先后在市委办档案科、市人大办、市审计局和市委市政府决咨委任职。）

故乡情怀

　　自从我参军别离故乡已有四十余载，虽每逢过年过节回家看看老母亲，但生活中的忙碌与疲惫，让我很少有时间去认真地回想一下有关故乡的昔日模样。老同学骆建华的一个电话，让我思绪万千。浮想联翩，重新勾勒起儿时的记忆：那斑驳残破为我遮风挡雨的老屋，那蜿蜒曲折的涓涓溪流，那儿时一起嬉戏打闹的玩伴……这是乡愁？是乡恋？也许这就是故乡情怀吧！

　　我的故乡义乌廿三里算得上是一块风水宝地，是一座典型的江南"古镇"。一条由青石板铺中河卵石镶边的长街横贯南北，从下街头的"金永和故居"，到中街的"三角店"，再到上街头的"洋房屋"，最后到"货市"。街边矗立着木结构的二层砖瓦房，每到集市日，来赶集的人们从四面八方汇聚，人头攒动，熙熙攘攘，热闹非凡。二条溪流犹如蛟龙环抱着整个村落，南端流经上街头石拱桥，北侧流经金桥头，最终共同汇聚长江底的东阳江。一望无际的绿色田野，远处连绵起伏的山峦，村庄周边大大小小的池塘星罗棋布，种养的莲藕每到夏季莲花盛开时，芬芳艳丽，美不胜收。

　　最难割舍的是故乡情怀，最难忘却的是故乡山水，最想品尝的是故乡饭菜，最想聆听的是乡音乡韵，然最令人难以忘怀的还是儿时一起朝夕相处的同伴，朱嘉英、骆建华、赵滇生、骆有勇、朱振华、朱小天……时光飞逝，各奔西东，同伴间难得相聚时，言谈之中也常常会提及儿时的趣闻轶事，儿时的生活家家都是在艰难困苦中度过的，然我们儿时却是在幸福快乐的氛围中成长的。每当想起儿时的同伴，我依稀看到了那一副副童稚的笑容，那一份从心底里涌出的难以言表的喜悦，那是多么纯粹而又朴实。我们一起上学，听班主任骆远征老师讲《钢铁是怎样炼

廿三里老街
金永和门楼
摄影/李永

成的》；一起玩耍，到"金永和故居"（当时是人民公社办公场所）捉迷藏，去"洋房屋"（当时是义东区委办公场所，也是故乡最高最漂亮的一幢西式楼房）嬉戏，在"洋桥头"的石拱桥上跳水；一起干农活，插秧、塞和毛（给水稻施肥）、耘田、拔稗草、割稻，初春钻入冰冷刺骨的水中往池塘里种藕、半夜三更起来做手工米粉丝，一幕幕、一帧帧，各种画面历历在目。

故乡是我心中的牵挂，犹如一根丝线时刻萦绕在我的心田，永远剪不断。故乡茂盛的老樟树，故乡清澈的溪水，故乡深沉的泥土，带着古朴的乡韵，浸透着坚韧和不屈。廿三里人的沉着和朴实深深铸进我的血和肉，灵与魂。当人们远离故乡，故乡已不仅仅是一种温情的回忆，而是一种蓬勃向上的生命力。同伴们都已年逾古稀，往昔的青石、流水已不复存在，昔日的长江底已是一片高档住宅聚集区"金麟花园"，映入眼帘的是镇西街宽阔、明亮的新大道，高耸入云的摩天大楼，过去的一切只能鲜活地永驻在我对老家的记忆中。

故乡情怀与我的心弦始终缠绕在一起，无论我走多远，故乡在那里期盼着我，等候着我，终将成为一片心灵永远的避风港。

（朱迈进）

（朱迈进，1956年8月出生，义乌廿三里下街头人。中共党员。在部队期间曾任电台台长；1989年2月专业到舟山市工商银行工作，曾任办公室副主任、定海区支行副行长、保卫处长、基建办公室主任，副高级经理。）

放风筝
摄影/金福根

风物闲美 民俗淳朴

　　从前的廿三里老街，一店有一店的风华，一物有一物的味道：行灯的韵致、风筝的扶摇、棉被的暖意、面人的奇趣。人们总能在平淡的日子里调弄出喜气和生意：迎龙灯，放风筝，迎胡公，出嫁弹棉花，赶集捏面人，农闲编麦秆扇，走街串巷铸锅铲铜瓢……如此种种，不仅让人们茶余饭后津津乐道，也温暖了一代代人的记忆。"檀木榔头，杉木梢；金鸡叫，雪花飘。"在传说故事里，在童谣古谜里，体会这一带的风土人情。蓦然发现，那些人与事物从未老去，那么远又那么近，那么淳朴又那么美好。

正月里来迎龙灯

　　迎龙灯是正月里最盛大的传统民俗文化活动之一。20世纪六七十年代期间，许多村的龙灯在破旧立新中被焚毁。改革开放后，老百姓的日子一天比一天好，义乌各村又重新雕刻龙皇、龙灯，迎龙灯成为农村闹元宵最隆重的节目。元宵节前后的一段时间，那红红的灯笼随处可见，它点缀着城市，映红了乡村。

　　廿三里村在新中国成立前曾有过纸龙、花灯、板凳灯。只是那些年的迎灯情景，知者已是寥寥无几。新中国成立初期，村里也迎过龙灯，后来由于种种原因没有再迎。

　　廿三里桥头算是恢复迎龙灯较早的一个村。20世纪80年代初，人们的生活水平有所提高，村里年长者说起了迎龙灯的事，年轻人听了也是积极响应。村民们立马自告奋勇地出钱出力，请村里有经验的长者牵头，费用由大家集资。

　　迎龙灯做龙骨要用大樟树。按照习俗，这樟树必须是"偷来"的。懂行的人先去看好樟树，选个好日子，晚上几个人提着行灯，拿着纸香，对着樟树祭拜后把树锯倒拉回。等到第二年夏天，樟树的水分基本已干，就请来做灯头的师傅，经过一番精雕细刻，春节前灯头制作完工，计划次年正月十五迎灯。

　　到了正月初八，村里几位牵头的就开始安排迎灯事宜，因为几十年没有迎灯，大家的热情特别高，所以报名参加迎灯的人特别多，负责灯会的人去外地采购了一些迎灯用的配件。正月初十灯头下架并进行一番打扮。迎灯分两天，正月十五灯头先去朝娘，正月十六到事先定好的线路迎，迎灯的人回到家里天都快亮了。

　　桥头有条龙，中街和下街头也不甘落后。第二年夏天，由黄允宝、朱关边、叶金盛等人牵头组成中下街灯会，开始筹划合造花灯事宜。灯头会负责择日、开支、人员安排等一切事务，从上社买来香樟。因为是花灯，所以各方面都要比一般的龙灯精致。村里请来最好的木工和雕刻师傅，整个龙身全部由各种姿态和花样结合而成，龙头造型美观大方，中殿设计得活灵活现，再配上精美的绸缎，美轮美奂。

灯头造好后，各家各户还要准备迎灯的灯板和花灯。有的是去外地定做，有的则是自己动手。花灯与板凳龙的最大区别是，板龙的两盏灯以圆抱筐为主，而花灯灯式则有花篮、花钵、西瓜、双金钱、五角星、长方柱、六角油麻、八角铜锤、孙悟空、猪八戒、十二生肖等。

刚开始时，中街和下街头是一起迎灯的，因为灯板长，迎灯过程中发生了矛盾，之后就改成中街负责灯头下架打扮先迎，下街头后迎，负责灯头上架。

中下街花灯每年正月十五开迎，迎灯之前，将放置在元帝庙高架上的龙灯移下来，谓之灯头下架。然后开始打扮灯头，把生了儿子人家的红绸缎披到龙头上。龙灯前面摆上香案，供奉糕点、水果之物，两边摆放着堂灯、彩旗，龙头板上围以绣幕，用铁杆接上高低二层琉璃灯，头前悬挂一串彩球。灯头一下架，就有村民去点满堂红，即把所有可以点蜡烛的地方，包括庙门口的蜡烛架和堂灯、牌灯全点上蜡烛，一般需要一百支左右的蜡烛，而且还要点上五代蜡烛。点好蜡烛后，把口福摆出来，点起行灯，三茶六酒，谷米豆麦，一样不少。全家人跪地而拜，说一些保佑平安健康、发财发丁之类的吉利话。

迎灯活动由灯头会负责管理，蜡烛也由灯头会提供。村民可自由参加，也可以照丁照灶执行，迎灯当天下午，灯头会的人要沿村敲锣至少三次，分别是告诉大伙可以烧饭、吃饭、接灯板了。出灯之前，要先弹八仙，把灯头抬出来，之后才能搭灯。背灯头和灯尾者都是高个子的青壮年。凡是参与迎灯的村民，每人腰上都要扎一根红带。一切准备就绪后，不管当天是刮风还是下雨，迎龙灯活动照常进行。大锣开道，火铳轰鸣，堂灯、牌灯和提行灯的人随后，锣鼓声后，灯头缓缓出现在人们的视线。

迎龙灯
摄影/金必亮

旧时习俗，迎灯第一晚上，龙灯只在本村迎，谓之"头夜利村里"。中下街头夜迎的灯比较短，除了龙头和龙尾，中间只有四五片灯板，为的是龙灯能到每家每户门口。第一年迎龙灯时，灯头所到之处，家家户户都设斋祭请。有的农户做斋，买整箩筐火炮鸣放，有的则买馒头之类礼品分赠迎灯者。因此，迎灯回家都在第二天凌晨三四点左右。正月十六晚，龙灯出村，迎至上社、如甫、草湖塘、朱村、八足塘等村。沿途村民摆斋无数，而且每吃一个斋都要拉一次灯，连路上的看客也会参与其中。有时候看着龙灯快要出村了，还会一次次被拉回来。

对迎灯的人来说，拉龙灯，是最快乐的了。龙头在前面走着，突然后面大家一起齐力把整条龙灯往后拉，大家来来回回的一次、两次、三次，甚至五次、十次。有时灯板拉断，接上去再拉。在当年，中下街龙灯是出了名的热闹，即使在狭窄的老街，大家也不肯放过拉灯的机会。还有一项就是盘龙灯，一般都在廿三里中学大操场。从龙头到龙尾，长长的一排灯都旋到操场里，远远望去，如同一条火龙在飞舞。

迎灯、拉灯、盘灯，中下街每一次迎灯结束都要延续到第二天早上。后来的几年，龙灯就不再出村，只在廿三里老街、信联街、武溪街等几条主要街道上迎。2020年，新的元帝庙落成，灯头从旧庙搬至新址，原本要有一番大动作，但受新冠肺炎影响，迎灯计划也被取消。后来在农历四月二十那天小范围内迎了一下。从元帝庙出发，沿途经信联街、金麟花园、中新街、老年公寓，在金麟花园放了一万响的鞭炮，来回拉了几次灯。再从草湖塘、后畈、公园村迎到前店、通宝路，在村办公楼台前放了一万响的鞭炮，中午回到元帝庙，把灯头上架。每位参与迎灯的人员分到8个馒头和20元的中餐补贴，大家图个吉利。

（潘爱娟）

闹元宵庆丰年
摄影/金福根

九九重阳迎胡公

　　迎胡公，是义乌老百姓为纪念胡则举行的祭祀仪式。在义乌，比较大的乡镇基本上都建有胡公庙，到了重阳节举行胡公庙会，迎奉都胡公神像。胡则（963～1039），字子正，北宋永康人，他"逮事三朝，十握州符，六持史节，选曹计省，历践要途，功绩显著"，被尊称为"胡公""胡公大帝"。

　　宋代以后，义乌人每于八月后半月，成群结队，上永康方岩供奉胡公神像的"赫灵庙"朝拜，廿三里村村民也不例外。据现任胡公理事会主任金富华介绍，在廿三里一带，男子逢十都要去方岩朝拜胡公，一般是10岁开始到50岁，到了60岁、70岁，只要是还能走，大家还是会相约前去。那时候没有汽车，人们去方岩靠的是两条腿，去一趟方岩要三天时间。从廿三里出发，路经东阳县，在横店后岭山住上一晚，第二天继续赶路。方岩回义乌也在同一个店住宿。拜胡公回来，要在家里举行"回岩"仪式，在自家灶前放上鸡、猪头、水果等供品，在门口放上一阵鞭炮，以示对胡公的敬重。

　　在宋代，县以下的基层行政设置有乡，乡之下是里、都、保等单位，廿三里和另外30多个村子属于四都。民国时期，四都每年都要举行迎胡公活动。那时候是十甲里轮流迎，因为供奉、祭祀、游案等活动费用较大，有值甲义务的村都会提前筹集资金，以便开销。新中国成立后，只在1956年或是1957年迎过一次。

　　迎胡公以行政"都"为单位进行，统称"胡公案"或"重阳案"。四都"胡公案"由10甲里共同供奉，轮流值甲。所以迎胡公又叫"出案"或"游十甲"。一甲或一村，或数村不等。四都10甲里包括深塘、后乐、何宅、埠头、下朱宅、钱塘、李宅、廿三里、如甫、王店、陶店、丁店、光耀境、前宅、前仓、傅宅、箦下、宗塘等38个村子。廿三里胡公庙建在箦下村，也是10甲里共同出钱造的，庙宇的名称叫十甲永昌庙。胡公庙内除泥塑胡公神像供平时善男信女朝拜外，还有一尊木雕的胡公神像，端坐在一座装扮得十分精致的木雕亭阁内，供四邻八乡村民每月初一、十五朝拜。

2017年，迎胡公活动重新提上了议事日程。经过半年多时间的筹备，重阳节这天，迎胡公活动隆重举行。因为有近60年没有迎，2017年胡公仪仗队更新了器具，置办了统一的唐装。

农历九月初八一大早，迎胡公的人们先是到理事会报到，工作人员按迎灯者的身材发放一件衣服，一块黄色的头巾。吃了早饭，大家就在晒场上集中，等待理事会的安排。早上的人特别多，有来迎胡公的，有来看热闹的。鞭炮一响，大家就各就各位，抬胡公、扛大旗、敲锣打鼓、背堂灯牌灯。

重阳胡公案有前后两把轿，前面是北宋仁宗圣旨"牌楼"一个，后面一轿供胡公雕像，两轿造型美观，雕刻精细。参与抬轿的代表由十甲

迎胡公
摄影/余志诚

里各村派出，各村年富力强者担任轿夫。仪仗队的最前面是四块一面"胡公大帝"，一面"肃静回避"的木牌和四面大锣，接着是响铳队，再后是大方旗、大长旗和彩旗等旗帜队。大刀、响铃叉、盾牌、红缨枪、棍棒等则分散在队伍中间，后面还有一群手提行灯的村民，参与人数一般都在四五百以上。

早上六时从永昌庙出案，先在本村迎一圈，经过家门的农户，大多都摆香案进香，放鞭炮，设水果、猪头鹅等供品，以示敬重。绕村一周后，再经何宅、下江益、后义、后乐、深塘、廿三里、下朱宅、如甫、上社、陶店、王店、埠头、李宅，到下午六时迎胡公队伍巡游结束，胡公神像归案回殿，一天里走40多里的路且中间没有停歇。胡公神像路过各村，都要接受祭请，再加上胡公案参与者多手持或肩扛供人观赏的械物，行进速度缓慢，迎胡公人的中餐由各村派员送出，趁着胡公吃斋的间隙吃上几口。设斋的人家还会拿出两千、五千元不等的金额捐助胡公庙。

九月初九重阳节迎胡公活动比过年还热闹。请戏班演戏，从九月初六到初十演五天五夜的戏，村民们忙着迎接招待亲朋好友。胡公庙前的晒场上，摆放着大年猪、大年羊供村民祭拜观赏。除此之外，还有几十个五颜六色的彩斗和猪羊祭，这些融合了剪纸、扎花、书法、绘画、模型制作等民间工艺的彩斗，寄托了村民们的美好祝愿。

（潘爱娟）

匠心独运话风筝

风筝制作人
朱小弟
摄影/吴贵明

在廿三里老街，有一位家喻户晓的风筝制作能手——朱小弟。他是全国风筝大王，曾被省委宣传部、省文化厅、省文联评为首批浙江省优秀民间文艺人才。几十年来，凭着对风筝制作技艺的一种热爱和对风筝文化的传承，他一直无怨无悔地走在这条路上，风筝已成了他人生中密不可分的一部分。

朱小弟上小学的时候就跟着父亲学做风筝。他父亲是一家机械厂的修理工，那些年小孩子可以把玩的东西很少，风筝就成为当时既实惠又经济的玩具之一。一有空闲，父亲就会制作一些风筝给他玩。他父亲做的大多是土风筝，以十字风筝、菱形风筝、田字风筝为主。当时制作风筝的材料非常欠缺，大多是用香火棒作框架，糊上旧报纸，几根竹篾和纸片，一只能飞上天的"大鸟"就制作完成。从小耳濡目染，朱小弟很快就学会了各种风筝的制作方法。

做风筝是门技术活，看似简单，但要让它飞上天可不是件容易的事，得讲究平衡、对称、粗细均匀，还要对飞行力有所研究。

有一次，朱小弟为了帮弟弟参加风筝比赛，四处寻找好的材料。他选了质地轻又比较牢固的无纺布，还选了韧性好的竹篾做支架，风筝线是人家给的缝纫机线。比赛那天，他制作的风筝是全校飞得最高、飞得最远的一只，最终他弟弟拿到了全校第一名的好成绩，这次参赛，更加坚定了朱小弟风筝制作的信心。

1984年，朱小弟在一本杂志上看到了首届潍坊国际风筝会的消息。杂志封面上有一条巨龙风筝，但那只是模型。他当时就想，能不能做一只巨龙风筝，并且让它飞起来。说干就干，经过缜密的构思、选料，然后是扎骨架和无数次的调试，朱小弟用了将近一年的时间，长度100多米的巨龙风筝终于出炉了。

放巨型风筝需要靠多人帮忙，朱小弟便领着一群孩子在家门口的空地上试飞。试飞前，巨龙风筝的每五六节处就站一个人当支撑，然后先让龙尾飞起来。当孩子们逐个放开龙的每个节点时，巨龙风筝竟然真的飞了起来，在天空中翱翔了。那一刻，朱小弟心情无比激动。试飞的场面也特别壮观，围观的人里三层、外三层，天上的风筝把大家都看呆了。

由于对风筝制作的强烈兴趣，朱小弟经常参加一些风筝赛事，这样既可以互相交流，又可以博采众长，取长补短。通过不懈努力，他的风筝制作技艺突飞猛进，不管是观赏性，还是放飞性，都取得了长足的进步。每次比赛，都获得了可喜的成绩。1988年参加金华市举行的龙年风筝比赛，朱小弟获得了特等奖。1991年，朱小弟带着他的巨龙风筝参加北京第四届国际风筝节，在中外72支代表队参赛的大型风筝比赛中，获得了龙头制作工艺第一名，他还上了当年中央电视台的"新闻联播"。1992年，在上海国际风筝邀请赛上，他的风筝再次获得龙头制作工艺第一名。1992年6月1日，朱小弟参加了浙江省风筝比赛，单线放飞三龙

成品风筝
摄影/童多综

风筝和巨型风筝，共获得了6个总分第一的好成绩。印象最深刻的一次是1999年12月底，朱小弟应邀赴广州参加"迎澳门回归"风筝放飞活动。他那条长达106米、直径52厘米的巨龙风筝放飞成功，轰动了整个广州城。"飞起来了，飞起来了。"随着围观者激动的欢呼声，一条长龙一跃腾空，迎风飞舞。让羊城的人们在黄村赛马场见证和目睹了来自浙江的风筝艺人的放飞绝活，《羊城晚报》对此作了专题报道。

在朱小弟的工作室里，展示着自己制作的各类风筝，样式繁多，千姿百态。其中，最小的风筝仅有十厘米长，十分迷人，大的则有上百米长。小风筝和大风筝一比，真有小巫见大巫之感，让人感叹其炉火纯青的制作技艺。朱小弟制作风筝的独到之处，还在于他还非常注重把各种民间工艺糅合在一起，制作出了如超大型龙风筝、北京奥运风筝、大型立体猫头鹰、活动大螃蟹、载人老鹰、蝴蝶风筝、单线放飞三龙风筝等，这在其他的风筝制作中都是极为罕见的，可谓匠心独运，独树一帜。

（潘爱娟）

意境万千根之艺

　　根雕又被称为"根的艺术"或"根艺"。在根雕创作中，艺术家们利用树根的自生形态进行人工雕琢修饰，赋予其新的生命，这就是人们通常所说的"七分天成，三分人工"。

　　廿三里乡土根雕艺人吴广茂是根雕艺术的代表人物，人称奇才、怪才、鬼才。他从小就对美术非常感兴趣，心血来潮时自己在家里涂涂画画，想到什么就画什么，参加工作后当过四年兵。丰富的人生阅历和较深的美术功底，造就了他独特的眼力和审美气质。他的根艺作品妙趣横生，野味浓重，美轮美奂，意境万千。在从事根雕艺术的20多年里，吴广茂读万卷书，踏万重山，创作出了上百件精品，收获了一大堆奖章。

　　吴广茂原来是廿三里医院的中药药剂师，1990年，他办理了离岗退养手续。这一年，吴广茂50岁。一次，女婿陪他到廿三里华溪森林公园游玩，在公园的小溪抓鱼时，他看到了浸泡在溪中的一个树根，其形状像极了海狮。这个发现让吴广茂童心大发，在他看来，大自然真是太神奇了。接下来的日子，他把附近的山林都搜了一个遍，一个月下来，居然收获不小。

　　根雕艺术开启了吴广茂与以往完全不同的生活。从此之后，每年过完中秋，他就带着工具进山，直到第二年过了清明节才回到家里。一年的时间有一半穿梭在深山老林里，他还给自己取了个"野人"的艺名。数十年里，他翻越了无数崇山峻岭，遍踏浙江、江西、安徽、福建、云南等省份的深山幽谷、天堑险峰。有一次在诸暨半丘附近采根时，他与同去的几名学生走散，因为天太黑，在深山中迷失了方向，最后，是山里人点着灯笼找到了他。还有一次，他带的小狗与野猪发生冲突，野猪发怒攻击，无路可逃的他干脆抱头从山头往下滚，及至山脚，两腿还不停地颤抖。他越过了一座又一座的高山，经历了一次又一次命悬峭壁的危情，幸亏最终都能安全脱险。每次被困或遇到危险，他都发誓以后再也不上山了。然而，危险过后，誓言便被抛到了九霄云外。回忆起一次次的被困经历，吴广茂仍然是心有余悸，他说自己的每一件作品，都是用生命换来的。

　　根艺是大自然创造出来的美。吴广茂崇尚自然，专注于自然型根雕

吴广茂创作
的根艺作品
摄影/潘爱娟

艺术的创作和研究，提出了"根雕作品成败之关键在于选材"的论点。他认为根艺的真正作者是天地，自己只是奇根天然艺术的发现者和修饰者，他对山里采回来的根只修不雕，这就决定了他对根的高要求。人都说"万里挑一"，而吴广茂常常是万里也挑不了那个"一"。他的作品选材十分严谨，不拼接不着色，天趣野味特浓。在吴广茂的根雕艺术里，更多的是"清水出芙蓉，天然去雕饰"的神秘和原始，在自然美的奇根里勾勒形象，扬其长，补其短，突出意趣。如他的代表作《带雨梨花舞春风》，那飘扬的水袖，婀娜的曲线，都是树根天然而成，他只是给予简单的修饰。他说，根之所以弯来弯去，阻力是根美的源性，正如一个人，只有经历过坎坷和磨难，才能到达事业的顶峰，那就是因为碰到阻力。

吴广茂的根艺"粗犷幽默，形似神似"，他的《天涯无处不飞花》《丝路花雨》《大江东去》《贵妃出浴》《西子淡妆》等作品，用神来之刀雕琢，巧妙利用根材的瘤、畸、朽、节、纹、疤、须、皮、色等自然立体效果，以独特的自然造型、刻画入微的奇妙安排，淋漓尽致地表达了"天人合一"的奇趣意境。他"读万卷书，踏万重山"。他说读书可以丰富知识，提高文化修养和艺术修养，而登山可以感受大自然的美，发现更多的好作品。吴广茂的根艺作品曾先后在韩国、日本、泰国、巴西、瑞士、香港等国家和地区展出。根雕《玉树临风》《唐·谢阿蛮》等在海内外经典报刊发表，《人民日报》海外版也作了专题报导。2003年，他参加了杭州的根艺展览，一位来自中国美院的评委在看了他的作品后忍不住感叹："如果不是评奖规则限制，吴广茂不知要得多少个金奖啊！"这句话通过浙江电视台直播，引起了轰动。2006年5月，吴广茂被授予"金华市优秀民间艺术家"荣誉称号。2009年，被浙江省委宣传部、省文化厅、省文联授予"浙江省优秀民间艺术人才"。

在吴广茂看来，根雕不仅仅只是个工艺品，它还是传统文化的一个载体，更是一种自然美的延伸。吴广茂把20多年登山寻根的所见所闻概括成了九个字："根，无奇不有，无美不有。"大自然的美，人们永远无法想象。

（潘爱娟）

槌落弓响弹棉花

弹棉花，又称"弹被絮"。"檀木榔头，杉木梢；金鸡叫，雪花飘"是对弹棉手艺的形象诠释，也是人们对弹棉花最为形象的比喻。

在廿三里村老街113号，有一家手工棉被店，店名叫黄记绞花弹棉加工场。在这间不大的店面屋里，放着一台绞花机，一台大大的弹棉机，还有一张弹棉用的工作板，这些工具占据了店面大半的地方。机器的一旁，还有一堆棉花籽。靠近店门口的平台上，则是前两天完成的两

弹棉花机器
摄影/潘爱娟

床新棉花被。这家店的店主黄东山今年71岁，他经营这家传统手工棉被店已经40年，他弹的棉被，洁白而柔软，松软结实，深受远近老百姓的喜爱。

黄东山弹棉花是从他妻子开始的。20世纪70年代末，黄东山的妻子经常去给他弹棉花的堂舅帮忙拉拉线打打下手，几年下来，自然而然的就学会了这门手艺。80年代初，妻子跟他商量在老街道开一家店，于是两人跑到宁波慈溪，用1500元买了一台绞花机，又花200元雇了一名当地的拖拉机手运回义乌。黄东山说，那个年代的1500元可是30多头猪的价格。机器运回后，黄东山自己安装，自己操作。如今这台机器已经用了40年，也一直都是他亲自动手维修。

弹棉花不仅是一项技术活，也是一项力气活。弹棉用的工具是一把长长的弓，通过质地坚硬的檀木榔头敲击弓上的牛筋弦将棉花弹松，随着"呼呼呼"的声音，把棉花弹松软，然后用白色的纱线把棉絮聚拢拼成长方形棉被状，再用送线棒来回拉扯将纱线布在棉胎表面。"上线"是个精细活，需由两个人来完成，两人将棉絮的两面用纱纵横布成网状以固定棉絮，弹棉被所用的纱一般多用白色，有的还染色棉絮做成吉祥字样和花纹图案放在棉被表面，如果是结婚用的棉被，还要用红线在棉被上铺成"囍"字。除了"囍"字，黄东山还会在被子上变换出各种各样的图案，如鸳鸯、梅花等等。如果是小孩用的被子，还会在棉被上用彩线标上姓名。最后一道工序是用圆盘在棉胎表面进行来回扭擦，将棉被压平整、结实，让纱线与棉胎完全黏合。从弹、拼，到拉线、磨平，看着简单，做起来却挺费时间，即使有很熟练的手艺，一整套工序下

弹棉花
摄影/金福根

来，一个匠人一天也只能弹一至两条棉被。弹棉人一年里面只有六、七两个月稍为空闲，每年农历七月一过，黄东山的弹棉生意就开始忙碌起来，尤其是八月新棉一出，基本上每天都有生意。

在义乌的传统习俗中，女儿出嫁时，嫁妆里必须有几床新弹的棉花被，有的一弹就是七八床甚至十几床。几十年来，廿三里周围的百姓都找黄东山弹棉被，东阳来的人特别多，很多人冲着黄师傅这门老手艺来。一年下来，光榨下来的棉籽就有上万斤。靠着弹棉手艺，黄东山不仅养活了一家六口，日子过得也是略有盈余。

在老街采访这天，正好碰到前来取棉被的一位女子，闲聊的过程中得知她已是20多年的老客了，她说："我经常来黄师傅店里的，我们家都喜欢盖棉花被，棉花弹的被子盖着暖和，而且还很耐用，旧了还可以拆了翻新。黄师傅做的被子，非常结实，盖几十年都不会破。"

黄师傅说，到店里来定做棉被的，大多是本地人，店里的生意也是以老客户为主，或者老客户介绍亲戚朋友来做，然后，这些介绍来的新客户又变成老客户。"有些客人，已经是十几、二十几年的老主顾了。"提起这些老客户，黄东山说自己非常感谢他们，正是这样的一些常客，支撑着他持续经营几十年。

时光走过了40多年，老街从当初镇上最好最大的一条街，变成了现在几乎最老最窄的一条街，黄东山依然守着这间小小的加工坊。"现在做这个生意的人很少了，因为飞尘太大。我不打牌不玩麻将，又没别的爱好，闲不住，就继续弹吧。"黄师傅说，人一定要有事做才活得下去，对他来说弹棉被就是一件能让自己活得有意思的事。

随着时代的进步，科技的发展，人们家里盖的已不仅仅是传统的棉絮棉胎，取而代之的是品种繁多、色彩斑斓的各种各样的羽绒被、真丝被等，但还是有一些人喜欢结实暖和的棉花被。所以，现在也还是有很多人找黄东山弹棉被。他表示，只要有人来，自己会一直将这门手艺继续做下去。现在他们家里除了他和妻子，他的几个女儿也成了弹棉高手，来了生意，谁有空闲谁就顶上。

（潘爱娟）

千姿百态捏面人

在廿三里文化礼堂陈列室，排列着用彩色橡皮泥制作的老将王忠、猪八戒背媳妇、姜太公钓鱼、肩挑货郎担的敲糖人，还有一些婺剧中的人物形象，这些泥像千姿百态、惟妙惟肖，游客看了都竖起大拇指。这些精彩的作品均出自今年71岁的丁守响之手。

丁守响的这份手艺，源自其父丁成献的潜移默化。丁成献黄埔军校毕业，琴棋书画样样精通，而且学什么像什么，织毛衣、捏面人、做馒头等等，每一样都是无师自通。当年，从部队回来的他为了补贴家用，他去金华剧院门前摆摊捏面人。一开始，路人说他捏的那些东西四不像，孙悟空看不出孙悟空的影子，猪八戒也不像猪八戒。正好当天金华婺剧团开演《西游记》，丁成献就狠狠心买了一张戏票。从悟空出世到

捏面人
摄影／金福根

取经回来，总共看了七天七夜的戏。他一边看一边揣摩，一场戏下来，剧中的人物造型、服装色彩都在他的脑子过了一遍。第二天，他又来到同一个地方摆摊，来往的路人和剧组的演员都说丁成献捏的面人太像了，像是从画里走下来一样，活灵活现。后来，丁成献又一个人跑到永康方岩，白天捏面人，晚上说书。他讲《三国演义》，讲《水浒传》，每次只要他一开讲，村子的晒场上就会站满人。

受父亲的影响，小小的丁守响也喜欢上了捏面人，在他看来，这是一项非常好玩的游戏。那年头，农村里时兴清明节做一些鸡、鸭、狗、羊类的小动物，晒干后在夏至那天和大豆一起炒着吃。看着父母做，丁守响也在一旁学着做。平时只要一有空闲，他就会拿着父亲捏的面人来琢磨，倒腾完了，还时不时地出手做几个，家人都说他捏的面人形真神似。

说起捏面人，丁守响仿佛回到了那个走街串巷的年代。他说捏面人看起来简单，其实对工艺的要求非常高。因为捏面人的主角通常是大家熟稔的人物或动物，操作者必须掌握其各自的精髓，捏出的作品才能鲜活。捏面的主要材料是面粉和糯米粉，用糯米磨成粉末，加水揉成团蒸熟，给面团添加各种食用色素，根据需要调成黄、红、绿、黑、兰、紫等多种色彩。然后按不同的人物造型，把各种颜色的面团在手中搓、捏、揉、黏，用小刀点、切、刻、划，塑成身、手、头面，披上发饰和衣裳，每一个动作都要非常细致。

15岁那年，丁守响开始独自外出捏面人。每逢过年过节或是街头集市，他都会挑担提盒，走乡串镇，在集贸市场、集镇街头摆起摊位。农村里谁家长辈过生日，或村里有什么重大事情，都会请戏班子来演几天几夜的戏。这样的戏场，丁守响必定是要去赶的。戏台下，他的糖担前总是人最多的。他捏的面人里有踩着风火轮的哪吒，手握青龙刀的关羽，捋着胡子持着渔竿的姜太公。尤其是他捏出的各类小动物，常常引来大人和孩子的围观。他捏出的面人，色彩鲜艳，价格又便宜，所以很受孩子们欢迎。

20世纪70年代初，丁守响随大舅子和姨夫一起到江西鸡毛换糖，

丁守响捏的面人
摄影/金福根

他的糖担货筐比别人多两根横档的架子，玻璃框中是针头线脚、纽扣头圈等日常小百货，横档上有一个个小孔，用来插捏好的面人。因为那个年代还没有小孩的玩具，丁守响到一个地方就把那些面人插起来。威风凛凛的大刀，飒爽英姿的红缨枪，人见人爱的孙悟空，大耳朵长鼻子阔嘴巴的猪八戒……看着这些既能吃又能玩的小面人，孩子们就哭着吵着要爸爸妈妈买。"爸爸，我要孙悟空！""妈妈，我要猪八戒！"家里条件稍好一点的，家长会拿出一把鸡毛让孩子自己去换，那些换到面人的孩子个个神气十足，拿不到鸡毛要不来钱的则跟在后面抓耳腮。有时看孩子们实在想要，丁守响也会捏一把小刀或公鸡之类的小物件送给他们。为此，常常有家长请他到家里吃饭。

20世纪80年代初，物资交流会兴起，丁守响就去上溪、吴店、稠城、佛堂等地赶交流。直到1989年，他去了新疆乌鲁木齐做生意。

2016年，已经多年没动手捏面人的丁守响看到孙辈用剩下的橡皮泥，觉得扔了太可惜，于是重新拾起老行当，制作了一件又一件受人喜爱的作品。用橡皮泥制作泥人比面粉捏面人简单多了，不用蒸面不用调色，不会开裂，而且好成形，制作好的成品还能保存更长的时间。

（潘爱娟）

一盏行灯三代传

　　"行灯"又称灯笼，是一种传统民俗工艺品。灯笼由纸或者绢作为外壳，骨架通常使用竹或木条制作，中间点上蜡烛，风吹不灭，可用于夜间走路、打更照明。在廿三里老街85号，有一家经营行灯的店铺，店门上方用红纸黑字写着"黄家灯笼"几个字，只是人们习惯地把这家店铺称之为"黄记行灯铺"。店铺的主人叫黄炳荣，今年68岁，他自15岁开始跟父亲学做灯笼，已经做了50多年。他制作行灯用的工具也都是祖辈传下来的，50多年里，他一直坚持传统的制作工艺，为方圆十里甚至更远的百姓坚守着这份手艺。如今，"黄家灯笼"店中依然挂着一溜的手工灯笼，显得古色古香，别有韵味。

黄炳荣正在刻字
摄影／金福根

黄家灯笼铺原名黄协和，这间店铺是黄炳荣的曾祖父从一名东阳商人手中买来的，原来的店址在老街71号，距今已有160多年历史。店铺先是经营染坊，后转行经营药品、丝线等，到黄炳荣祖父这一代开始经营行灯生意，一做就是100多年，黄记行灯铺也成了义乌市廿三里老街最古老的店铺之一。2019年6月，因为老街改造，行灯铺从老街71号搬到了现在的位置，但摆设还是和那边一样，保留着100多年前的模样。店内长2.57米的柜台，还有与长柜台配套的短柜台、玻璃柜、实木柜等都是祖传的老古董。

　　黄炳荣保存着一张新中国成立初期的营业许可证，这张许可证的颁发日期是1955年10月30日，字第108号。许可证有八项内容，分别是名称、开设地点、创设年份、组织方式、业务主持、业别、经营业务和资本总额。从这张营业许可证上可以看出，黄炳荣父亲1945年已经在廿三里老街开了这家叫"黄协和"的灯笼铺，资本总额为人民币315元。这八条行文的后面写着"并保证遵守人民政府法令，不投机倒把，不垄断囤积，及其他妨碍社会经济行为，经审查相符，应准营业，特给此证"。左上方盖有"义乌县人民政府"的红印章，左下方是县长王登林的亲笔签名。黄炳荣还保存着几个老式账本，上面都标注有时间，其中光绪二十二年（1896）的账本保存得比较完整。这本账簿深蓝色的封面，纸张微卷，里面还夹着一张张小红纸。早先黄炳荣并不知道这些厚厚的本子是账目，只是当古董一直保护着。一次，有客人看到这几本卷成纸花一样的东西很感兴趣，就拿出来仔细辨认，这才发现原来是120多年前留下的账本。在这本账簿里，用毛笔记着很多生意来往，还有一些赊账信息，如"某某付洋八元""某某几月几日买了几只灯笼，几月几日结清"等等。黄炳荣还有一块传承了100多年刻字用蜡板，现在市面上很难看到这种料的板了。蜡板以木板制成，边上有一条可放刻刀的槽。取一张写好的样用蜡板刻字，在下面垫上红纸放到蜡板上，用刻刀按样刻写下去，一次可以刻出10张同样的姓氏或堂号。刻好后，蜡板上的刀痕只要用圆头小木棍在上面轻轻一磨，就会恢复原状。前几年，曾有博物馆的人开高价来收购这些老物件，都被黄炳荣婉拒了。

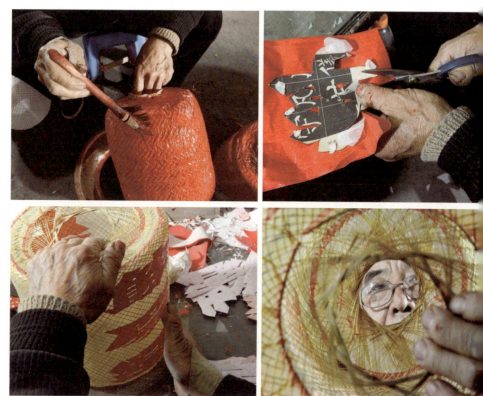

行灯制作技艺
摄影/李永

　　制作一盏小小的灯笼，从挑选竹材、剖竹劈篾、编制灯壳、糊纸着色、涂抹桐油、做底盘、号户主堂名，大则有6道工序，小则有近20道工序，整个过程需要三至四天。制作蚕丝灯笼则需要更久，因为蚕丝需要日晒，晒干的灯笼干净透明，成色鲜艳。黄炳荣还保留着一批特制桑蚕丝和胶水。因为真正懂行的人，还是喜欢用桑蚕丝等材料做的高档灯笼。桑蚕丝灯笼需要定制，要织成网状，拿在手上就像一层轻纱，再包在灯壳上，用胶水固定。胶水更是难寻，因为它不是糯米胶水或工业胶水，而是用石花菜熬制成的。这种石花菜生长在海底深处，打捞上来后晒成干，再从海南运过来。相应的，这种灯笼价格也不便宜，定做一对要100元，一般都是接亲或嫁女儿时才用，一做就是一对，意即成双成对。因为原材料难寻，现在做高档灯笼的人已经很少了。

竹编灯笼的制作，要在外壳彩绘龙凤，或者剪贴姓氏，最常见的就是写上堂号，最简单的也会写上"福"字。旧时姑娘出嫁，送嫁队伍的前后，一定会有人提着纸灯笼。花轿的轿杠上，也会挂上贴着夫家姓氏剪纸的灯笼。正月里迎龙灯，孩子们会手持灯笼赶热闹。

　　在黄炳荣的店铺里，堆叠了1000多个用竹篾编好的灯笼壳，墙上还挂着50多个琉璃灯以及龙凤双喜灯，灯笼上除了龙凤，还写着"紫微拱照"等吉祥字。高高的柜台上放着一把劈竹子用的篾刀和一尺多长的大钳头，墙壁上挂着一米多长的大锯，工作台上是毛笔、颜料、浆糊木盆、刷帚等专用工具。

　　随着社会的发展，做灯笼也在与时俱进。现在灯笼主要用在民俗上，比如农村过年、迎龙灯、造新房、红白喜事、农家乐装修等等。灯笼也由传统的竹编为主改成以钢丝等新材料唱主角，因为用钢丝做灯笼既节省时间又可以节约成本，但还是有不少客户喜欢用竹丝做的传统灯笼。

（潘爱娟）

风月无边麦秆扇

　　打麦秆扇，在义乌的方言里，其实指的是编麦秆扇，诸如打箬帽、打草席、打草鞋等等。

　　麦秆扇的取材非常简单，资源也很丰富，普通的麦秆扇，编制的工序也并不是很复杂：只需把大麦的麦秆芯摘下来，如果质地泛黄的，就用淘米水泡一泡漂一漂，使之看起来更加洁白透亮，卖相就会好很多，卖相好了价格自然也就会高一些。手巧的女人家，一天不歇的编，大概也能编个三五把左右。先用七根麦秆分左三右四来回编成形如辫子模样，然后用针线盘成直径约30厘米大小的圆形状，再在中间缝上绣着各

麦秆扇
摄影/潘爱娟

种题材花样的布质扇饼作为装饰，最后按上用彩色油漆画着花草图案的竹扇柄，一把漂漂亮亮的麦秆扇子就完成了。在电风扇问世之前，扇子一直都是六月天气里家家户户最受宠的纳凉之物。售价一般在三四毛之间，除去五六分一只的扇饼和三到五分不等分的扇柄钱，还能有一两毛的盈余。麦秆是不用成本的，人工是撷落空时编的，属于自己的麦磨自己的牛，赚的无非是辛苦钱。虽说收入不高，但在那个困

麦秆扇
摄影/金福根

难的年代，多少可以贴补一下家用，缓解一下捉襟见肘的窘迫状况。

　　住在廿三里上街34号的朱舜华老人，头发花白，但精神不错，言谈之间还是慢条斯理，笑意不减。还是那家店，还是那个人，卖的还是那些熟悉的日用百货。但是在她的店里，已经没有了往日摆放的整整齐齐琳琅满目的商品，老式的货柜上横七竖八地放着一些经年库存下来的老物件，地上零乱地卧着七八口大小不一的生铁锅，还有一些农具炊具针头线脑。朱舜华说，她今年已经78岁了，这是自己家的店面房子，从她父母那辈起就一直在这里开店，到如今她都已经开了五六十年的店了，现在老街很快要拆迁改造，不久她也要离开老街，搬到政府给她安置的新房里去，这些存货，有人要就便宜点卖掉，没人要的到时候该送的送，该扔就扔，开了一世的店，现在年纪大了，也该退休享享清福了。说这些话时，她那张布满岁月痕迹的脸上，流露出一抹淡淡的落寞神情，但是更多的是对即将到来的新生活的那份期待。

说起当年编、卖麦秆扇的时光，她说最早的时候是自己编着卖，结果因为自己的店面位置好，过转的客人多需求量也大，做生意也忙，根本就没时间坐下来编，还好附近村堂的一些女人家，把编好的麦秆扇送到店里，朱舜华就全部用现金收下来，一来她们可以不用那么辛苦站在街上叫卖，利润虽然少点，但是卖的量大起来，赚的钱比以前还会多一些。再说，这些送过来的扇子花色品种又多又漂亮，有整根麦秆编成麦秆辫子的普通款，有将麦秆染成五颜六色后像做篾老师打篾席一样编出各种图案的，还有将麦秆剖成两半或者四瓣，再用正反两面的色差，编出一些吉祥如意或者花草虫鱼等等精致高级型的，其中最珍贵的，要数大蒜芯的扇子了，但是，编大蒜芯扇子可不是一件容易的事情，从攒大蒜芯到刮皮、剖细编制，那不是一天两天能够编出来的，正因为制作得不容易，卖的价格也高，一把要卖到两三块钱，但是再贵，该买的人还是要买的，因为那是给生过孩子坐月子的人用的，大蒜芯打的扇子扇出来的风才不会得病，所以特别是嫁过女儿的人家来买，选的几十把各色各样的扇子中，最少都要买一两把大蒜芯的扇。扇里的花样很多，比如扇饼里的绣花有喜上眉梢、寿比南山、并蒂莲花、多子石榴，彩色麦秆扇编出来字有东方红、毛主席万岁、工农兵、望断南飞雁、柳暗花明，还有三角、四方块、菱形、五角星、米字形等等。那些年，在老街里，她家的扇子是卖出名的。

随着人们生活水平的不断提高，人们的纳凉之物也已经发生了天翻覆地的变化，麦秆扇成了一个时代象征般的存在，早就被更先进的电风扇、空调所替代，如今朱舜华老人不卖麦秆扇已经很多年，但是这些经历已深深地刻在了她的记忆里。

（杨芝玲）

铸铜瓢铸锅铲

在20世纪六七十年代的农村，凡是听到"介呤介呤"的声音，那肯定是永康的铸铜瓢锅铲手艺人来上门服务了。与义乌的货郎担一样，永康的铸铜瓢锅铲手艺人，特别能吃苦，他们上山到尖，下乡到边，用几个铁片撞击发出的声音借以招揽生意，上门制作、加工和修理，是流动的"加工场"，受到群众的欢迎。廿三里村的吴兆功，就因当年制作铸铜瓢锅铲，才走出贫困的窘境。

今年72岁的吴兆功，他的祖上当年在村里算得上是殷实门户。沧海桑田，吴兆功非但没受到其荫泽，反受到无端的牵连。13岁那年，吴兆功的母亲不幸病故，父亲随国民党军队撤到台湾，姑姑远在美国，爷爷奶奶早已离开人世，吴兆功就像浮萍般孤苦无依。在那个"能够吃饱饭明天死都甘心"的年代，由于乡亲们吃口多负担重，可怜的吴兆功食不饱腹衣不裹体。不过，好在时不时有乡亲的照看，吴兆功就像酷暑天石头缝里的小草，顽强地活下来。

在一个滴水成冰的日子，永康的手艺人吕正海到村里铸铜瓢铸锅铲。这时，身穿土布衣、着笼统裤、脚拖半只鞋、冻得瑟瑟发抖的吴兆功，不放过这难得的取暖机会，老早就蹲在小火炉边，红红的炉火在他脸上欢快跳舞，他也难得露出笑容。"那个时候天气特别冷，经常乌风冻，面对炉火的脸和胸部是暖和的，背部却是冷冰冰，鼻涕不争气地流出来，肚子里叽里咕噜在唱戏。"回忆起当年的困苦生活，吴兆功黯然神伤。冬天的夜黑得早，拿出铜罐准备煮晚饭的吕师傅，看到吴兆功还不肯离去，就随口喊了一句：麻头，爸妈要寻人了，快回家吃饭。想不到，吴兆功的眼泪随之断线般滴下来。边上的村民讲了缘由，叹道：唉，这苦命的孩子啊，他今天的晚饭还没着落呢。走南闯北吃百家饭的吕师傅默默地再抓了一把米放进铜罐：麻头，晚饭就在我这里吃吧。后来，在热心人的撮合下，吴兆功成了吕师傅的"小跟班"，走上了学艺谋生之路。

永康的手艺人走哪里吃哪里住哪里，全部的家当在担子里。所以，吕正海师傅的担子里啥都有，小锅炉、风箱、样品、工具、凳子、铜罐、被子等，重量可想而知。考虑到吴兆功身单体弱，吕师傅就特别照顾他，但他个子实在是小，挑起担子"三个人一样长"，摇摇晃晃的担头底部离地面高不了多少。一天，北风呼啸大雪纷飞，漫山遍野旋转的风雪追着人，一个劲地钻人的领口里。吴兆功跌跌撞撞行走在狭窄的田埂路上，十个指头肿得像胡萝卜一样，钻心的疼痛。忽然，师傅听不到后面的脚步声，回头一看，呀！徒弟不见了。原来在一人多深的烂冬田里，吴兆功已被担子压得动弹不得，白雪下面的泥水正咕噜咕噜往鞋里灌。"到附近的老乡家里换衣服，看到我冻得浑身发抖嘴唇发紫，师傅和老乡都哭了，我却笑了。因为经过火盆的烘烤，老乡家那个旧衣服穿起来太暖和了，很像妈妈的怀抱。"这么多年过去，回忆起那次经历，吴兆功一脸的凝重。

"那时候，大家的生活条件都不好，只不过人家认为我年纪小特别可怜。但我认为，学手艺哪有不吃苦的？我和人家不一样，我是没有退路的。""不蒸馒头争口气"，只有学成手艺，自食其力，才能自己照顾自己。功夫不负有心人。21岁那年，吴兆功出师了，他在浦江、桐庐、杭嘉湖等地讨生活，就牢记师傅的教导，低调做人，诚信为本，且价格公道、老少无欺。看到困难的人来加工镰刀什么的，他就免收加工费。40岁之后，他改行去做生意。改革开放后，一家人的生活才"芝麻开花节节高"。

铜瓢锅铲
摄影/潘爱娟

（朱履生）

老街写对代代传

以前的廿三里老街16号，临街店面生意闹猛的赵记对联店，由赵伟喜老师经营。赵老师面容红润、精神矍铄、行动敏捷、举止得体。他说自己健康的身体全在于保持良好心态，不间断地练习书法，为村民写对联写春联。

赵伟喜原住廿三里老街16号，由于廿三里老街整修，现暂时住在"东海明珠"后面小巷的公房里。笔者有幸见识了他一幅幅笔走龙蛇，苍劲有力的书法艺术和精美作品。

赵伟喜，1943年10月出生在书法世家。清朝年间，其曾祖父从兰溪迁居廿三里，为谋求生计，在廿三里老街16号开起了"赵恒大饭店"。曾祖父写得一手好字，写春联更是一绝，他边做生意，边指导子孙练习毛笔字。

祖父赵樟森，是清朝秀才，虽然笔墨文章很好，但他不向仕途发展，而是继承饭店职业，继承老一辈在生意空闲时间教子贻孙的做法，把书法绝活传授给子孙后代。新中国成立后，所有企业公私合营，私人饭店合并，赵樟森改行裱画、写对联。赵家书法与裱装手艺一脉相承，都是祖传。赵伟喜祖母是埠头陈氏，身怀祖传针灸绝活，特别是看小孩毛病十拿九稳，十里八乡均有名气。她目光远大，十分支持儿孙们练习书法，对勤学苦练家风的传承起到了积极的促进作用。赵樟森秀才气大，其书法水平惊艳四座。邻里乡亲的分家约、杜卖契，县内外的厅堂、宗庙、桥梁等的题字非他莫属，到家邀请者络绎不绝。

赵伟喜6岁时，祖父去世，他就跟父亲学写字。父亲赵锦文，出生清朝宣统年间，从小爱好书法，不仅自己对书法艺术一丝不苟，管教子女也非常严厉。严师出高徒，后辈得益匪浅。

赵伟喜练习书法从来没有间断过。小学毕业考入初中，正是生活困难时期，他毅然转学到廿三里农中（在下娄孵鸡坊），那里一日三餐由生产队供应，十人一桌，有口饭吃，精神状态也好，他见缝插针找时间练字，长进很快。16岁时，到江西"共大"半工半读。师生、同学见他写得一手好字，十分赞赏："小鬼，字写得真好！"然而，当时他不满18岁，学校教导主任黄观书通知他退学。赵伟喜还算机灵，立即找黄校长说明情况，当场显示了热爱劳动的表现。黄校长非常了解小伙子"书法"的拿手绝活，手脚勤快的良好品德，照顾他继续留校读书。赵伟喜22岁，"共大"毕业后，回到廿三里老街"写对"，以厚实的书法功底，隽秀精良的作品，深深地吸引着人们的眼球，"写对"生意十分兴隆。

1968年，赵伟喜加入教师队伍，到后宅初中任教，从事的主要是宣传工作，始终离不开手中这支神来之笔。后来，爱人生育了二子一女，为照顾家庭生活，辞职回家。20世纪70年代曾担任大队学习"毛选"组长，村内宣传标语书写工作全由他负责，名声很大。每到春节临近，春联是百姓表达喜庆的吉祥之物，隔壁邻居纷纷上门求写。十里八乡的乡民，有的慕名到老街对联店里找他。赵伟喜都根据各人喜好，斟字酌句书写内容，毕恭毕敬地交给求写之人，让他们高兴而来，满意而归。

日月轮回，年复一年。赵伟喜虽然年迈，仍然练笔不止，1982年加入义乌市书法家协会，长期积极参加省内外各类书法活动，曾获全国当代书法家荣誉证书，作品获奖有数十次之多。

赵家书法衣钵相传又在赵伟喜大儿子赵旭平身上得以传承，这是赵家第五代书法传人在廿三里老街"写对"，书法世家有名有实，传承绵长。

（蒋英富）

乔迁之喜
摄影/金必亮

美食特产 独特风味

　　美食，是舌尖上的美妙体验。

　　美食，是记忆里的传统历史。

　　专心的制作，独特的风味，无穷的回味，不知不觉间，让你与老街靠得更近，让你与老街觉得更亲。

　　民以食为天。在美食王国里游走，我们窥见了前人的艰辛，品味到生活的不易，见证了美食的神奇。一方水土养育一方人，一方美食书写一方文化。廿三里的美食平淡而不平庸，无奇而不无趣，每一种美食都有酸甜苦辣的滋味，每一种美食都有邻里乡亲的故事。这样的滋味和故事，继续在我们的身边荡漾、发生。

小小馄饨乾坤大

　　馄饨是义乌民间男女老少都喜欢的一种民间传统美食，顺口溜"食过馄饨跌面，赛过天上神仙。皮薄养胃消化，肉多待客体面"就是最好的证明。

　　在廿三里村一带，馄饨分为江西馄饨和义乌本地的土馄饨两种，两者的区别是前者馅少后者馅多。江西馄饨，用小小的四方形馄饨皮，用小竹签将馅往馄饨皮里一批，将馄饨皮一捏就成，其特点是皮薄馅少吃不饱，但味道很鲜。义乌古话"只可食个味，不可食个肚拖地"想必说的就是它。而义乌本地的土馄饨则形似畚斗，它的形状像"人暖腿，狗暖嘴"中的黄狗趴窝，馄饨皮大而圆，豆腐肉馅、芹菜肉馅、猪油渣馅、干菜肉馅等，随条件、喜好各有选择。以前有个笑话就和馄饨有关。说家里准备裹馄饨，婆婆教媳妇，裹馄饨不难的，照灶前黄狗绕的那形状就可以。意即馅放好后，外面的馄饨皮一包一捏即成，形状像狗绕的那样。想不到，这个比喻把不知馄饨为何物、两手不沾阳春水的新媳妇弄糊涂了，忙活半天，媳妇叹道，这馄饨太难裹了，半天连狗头都没有

馄饨
摄影/吴贵明

捏好。

都说有人的地方就有市，有市的地方就有人气，有人气的地方就有生意。想不到家家户户小打小闹的馄饨居然可以出头露面成为馄饨摊，而且能够养家糊口。据廿三里村的朱庆丰老人介绍，他小时候，廿三里就是杭州到温州驿道上的必经之点，是东阳、永康、苏溪、诸暨、义乌城里互通之路的重要点段，一直以来非常热闹。解放初期，廿三里老街的下街39号就有一个馄饨摊，其主人是卢永书、王小奶夫妇。卢永书夫妇俩是缙云县壶镇人，当年先后在衢州飞机场、温州、永康、江山、义乌城里做过厨师，摆过馄饨摊，深谙美食之道。在义乌城里摆馄饨摊的时候，因为喜爱钓鱼的缘故，卢永书与一个在义乌饭店做厨师的施天生关系很好，看到卢永书的生意不温不火，热心的施天生就推荐他们到廿三里去发展。1951年，卢永书夫妇来到廿三里发展，面对人生地不熟的全新环境，夫妇俩明白一个道理：盲眼食馄饨——肚里有数。顾客不需要你花言巧语，只要货真价实。夫妇俩起早贪黑，拿出平生绝招，用猪筒骨骨髓熬出来的汤作加料，诚实经营。结果，"金杯银杯不如老百姓的口碑"，经过一传十十传百的口口相传，价廉物美的缙云馄饨吊起了食客的胃口，缙云馄饨自然而然"窗户里吹喇叭——名声在外"。来老街吃过的人还想来，没有来吃过的，纷纷慕名前来。一时间，馄饨店里人来人往生意兴隆。1956年，开展社会主义改造运动，"公私合营"之后卢永书的馄饨店并入了饭店。

20世纪60年代初，农村政策有所松动，洋桥头边的空地上不知不觉形成了一个货市，每逢集市就人头攒动。不知不觉的，边上搭出一个茅草铺，有个叫金火伯的人在此经营馄饨摊。当时的馄饨摊虽门面不起眼，但由于地段优势和货真价实，生意竟出奇得好。知情人说，金火伯育有七个儿子三个女儿，"落囵荒"的他，真的是靠馄饨摊的收入，养活了一家人。

民以食为天。小小的充满烟火味的馄饨，用独特的方法默默地见证了时代的变迁和进步。

（朱履生）

喜庆吉利话馒头

　　馒头是义乌人喜欢的喜庆食品，城乡到处可以看到它的身影。在廿三里村，不管时代如何变化，馒头是村民喜爱的传统喜庆美食。

　　馒头是红白喜事、四时八节、新居乔迁、添丁贺寿等日子少不了的"主角食品"。据记载，馒头的出现可追溯到三国时期，诸葛亮带兵去征伐蜀国南边的南蛮洞主孟获。当时的泸水一带瘴气很重且泸水有毒，有人提出杀"南蛮"的俘虏，用他们头颅去祭泸水的河神。为鼓舞士气，诸葛亮用军中带的面粉和成面泥，捏成人头的模样儿蒸熟，当作祭品来代替"蛮头"去祭祀河神。从此以后，这种面食就流传下来，且传到了北方。但称为"蛮头"有点吓人，后人就用"馒"字替换下"蛮"字，写作"馒头"，馒头亦就成了北方人的主要食品。

喜庆吉利话
馒头（左）
摄影/朱履生

出笼馒头
（右）
摄影/金福根

　　有道是"南人食米，北人吃面"，随着南方北人流寓者的增多，吃面者渐增，馒头亦越来越受到人们的喜欢，吃肉也崇尚方方正正，"馒头配焐肉，神仙不肯走"，馒头配焐肉亦成为城乡喜庆宴席上的绝配。义乌最有名气的是吴店馒头，而地道的廿三里馒头也有自己的特色，用手一抓，整个馒头缩于手心，放开则复原如初，韧、香、软，自有千秋。到馒头店买馒头，如遇到馒头出笼，好客的店家会让你尝尝新鲜馒头，"出笼馒头下山笋，尝过味道记一生"。据村里1949年出生的丁守响老人介绍，廿三里的馒头远近闻名，他太公手上就在经营馒头生意了，"丁信泰"馒头店招牌响当当。以前做馒头是没有发酵粉的，也没有机器，揉面全靠人工，制作工艺纯粹是原生态的。从选上等面粉开始，和面、揉面、成型、发酵、蒸制出笼，每一道工序环环相扣。丁守响介绍，做馒头看似简单，其实工艺流程非常烦琐。用野蓼的花和面发酵制作成白曲—用白曲和糯米酿酒做成馒头娘—用馒头娘和面—面团搓揉加工成圆形—游笼—上蒸笼—蒸馒头—出笼—淋红字或盖红章，将福、禄、寿、喜等字淋或盖在馒头的中央，增添了喜庆的氛围。

　　有道是"一行服一行，打镴用松香。"做馒头最神奇最关键的是数戳馒头了。"不蒸馒头蒸（争）口气"。馒头蒸好了，打开一笼，热腾腾的蒸气缥缈而上，馒头制作人员拿一支长筷子，飞快地在每个馒头上戳一下，然后将蒸笼盖盖上，动作之快，让人眼花缭乱，不由惊叹其眼力、手力、体力的不凡。丁守响老人介绍说，戳个小洞，空气就把馒头撑得丰满起来，这样外观好看，咬起来也会更有弹性。至于馒头是否熟透，只要用手轻拍（点）馒头，有弹性的就好了。

　　"出世做馒头，一年忙到头。无节无歇空，前世真不修。"这顺口溜道出了做馒头人的忙碌和艰辛。丁守响老人介绍，做馒头的人越是过年过节越是繁忙，当年他家馒头店最兴旺的时候，蒸笼堆起来到楼顶，堆放馒头的稻桶就有二十几个，地垫上层层叠叠的堆上馒头，空气里弥漫着馒头的香气，人来人往的非常热闹。

（朱履生）

麦拓糊
摄影/朱履生

民间美食麦拓糊

　　麦拓糊是一种民间小吃，它软硬适合，不易变质，特别适合出门在外的人当午餐和点心，深受廿三里一带老百姓的欢迎。

　　以前，虽然土壤肥力不是很好，廿三里村民种植的农作物还是比较多样化，作物的轮作搞得比较好，麦(紫云英)、稻、麦，周而复始种养结合。有道是"两年种根麦，胡须种到白"，可见种麦之不易。日常生活中，人们用麦粉制作的食品比较多，除了面条、馒头、馄饨、包子以外，麦拓糊也深受老百姓的欢迎。在义乌范围内，麦拓糊的制作方法大同小异，取麦粉若干，加盐少许，取水适量调成糊状。将锅烧热，先用猪油涂过，再舀以麦糊，用锅铲薄而均匀地涂于锅壁。烧熟揭起，即成锅状麦饼，故称麦拓糊。吃的时候，摊以豆荚、青菜、豆腐等菜肴或者红糖，卷成筒状，闻着清香吃着可口。因为形似卷着的地簟，民间小孩亦称麦拓糊为卷地簟。

　　采访当中，当年的亲历者们无不感慨，说现在去吃麦拓糊，怎么也吃不出当年的那个味道。一是以前是土灶铁锅，用柴火烧的铁锅热得比较慢，一般麦拓糊不会焦，而且铁锅是比较大且厚，糊的麦拓糊比较大。现在的煤气灶或者电磁炉热得非常快，麦拓糊一下子就焦了。而且现在的锅是平底的，面积比较少。二是现在大家吃得好，食物营养价值高，而且大家的运动量没有以前的大，饿肚子的事情基本没有。所以，再美味的食品都吃不出以前的那种味道。

　　看来，同样的麦拓糊，不同的时期有不同的味道，不同的人有不同的感受。

（朱履生）

红红的红馃红万家

以前义乌民间有一个谜语：一口咬去血流来，其谜底就是红馃。红馃是东阳、义乌、磐安、浦江一带流行的一道米粉类礼俗食品。因外形像杨梅，有的地方也称杨梅馃。鲜艳美观柔软可口、色香味俱佳的红馃多用于喜庆或某些时节之酒席，亦作为办酒席之后馈赠亲友的礼品。以前，席间以红馃相请，在民间算是比较隆重的礼节。经历过缺衣少食的人，对红馃的味道是非常怀念的。

红馃
摄影/潘爱娟

　　红馃是以红糖、芝麻、糯米等为原材料制作的一道菜品，外面粘上染红的糯米蒸制而成，蒸熟后外表红如杨梅，里面还藏有略高于标准大气压的气体，吃的时候偶尔会有"噗哧"声，仔细的人都是咬一小口，千万不能"囫囵吞枣"，否则，准烫的你流眼泪。据廿三里村的村民介绍，红馃的制作工艺不是很复杂，难的是提早起意，一年半年之前就要提前准备食材了。米粉类点心以口感糯软为好，故勾兑米粉就有讲究，它就是糯米粉与籼米粉的搭配比例，如糯米粉过多，虽口感好但难以制作成"馃"。如糯米粉过少，虽制作容易但影响口感。一般是取糯米粉三成、籼米粉一成，加水适量揉成面团，捏成小酒杯形状，装以红糖、炒熟研碎的芝麻粉以及适量猪油和成的馅，封口搓成鸡蛋形状，外面粘上染成红色的生米（红米），摆在蒸笼里面炊熟。

　　蒸好后的红馃色香味俱全，红白相间的红馃自带喜庆的感觉，其壁粘柔，其馅香甜，咬一口，既糯又软且甜，荡气回肠，颊齿留香，自然成为人们喜爱的美食。后来，有商品经济头脑的人看到了其中商机，专门制作红馃在菜市场、集市出售，生意兴隆，获利颇丰。据丁守响老人介绍，当年他家在做馒头的同时，附带做起了红馃生意，几千块红馃的订单数量，不可能像以前那样慢悠悠的，粘红米这道工序就进行改革，用大的竹匾摇晃几下，五六十块红馃就均匀地黏上红米，效率提高了不少。

（朱履生）

欢欢喜喜话麻糖

以前，义乌有句谚语："大侬盼种田，小干（小孩）盼过年。"小干盼过年的标志物之一就是麻糖，有了它，困苦的日子变得甜蜜许多。

据记载，麻糖的历史非常早。唐代的《北户录》中载有"胡麻糖"之物，即现在的芝麻糖。令人惊奇的是，明代的《易牙遗意》中提到制作麻糖的成分比例，与如今麻糖的制法几无差别。《义乌县志》中也有切麻糖的习俗：除夕前，"家家切炒米糖供春节茶食"。《义乌风俗志》中则有更多描述：春节期间，全县城乡用糯米、粟米、油麻、花生、大豆，经蒸炒爆后，用红、白、麦芽等糖切制"麻糖"。

廿三里一带的麻糖以"蒸晒米"、芝麻、粟米、红糖为主要原料。其种类有"蒸晒米"麻糖、米胖糖、粟米糖、花生糖、芝麻糖、豆糖、米胖粉糖等。据老人介绍，"蒸晒米"的制作较复杂，它是把糯谷用水浸泡十数天，捞出沥干，于铁锅内炒熟，散去水气，趁热放石臼里椿扁，再去糠晒燥，在腊月的后半月，家家户户的主妇们掸尘之后，把蒸晒米在锅里爆炒即成。"蒸晒米"麻糖，较适合牙齿不好的老人食用。而米胖糖的制作则相对比较简单，先将糙籼米或者梗米浸透，用蒸笼炊熟，放在屋子外面冻一夜并晒干，在锅里爆炒至表面淡赤色即成。不过，米胖糖比较硬，适合牙齿好的年轻人吃，吃了不容易饿。而加了红糖的米胖磨成粉之后就是米胖粉了，香甜的米胖粉是民间常备的副食。据说，有胃病的人经常吃米胖粉，能够减轻疼痛，胃病慢慢地就能够痊愈。

谈起当年的经历，廿三里村的老人回忆，不管是炒"蒸晒米"、米胖还是芝麻，锅灶的火一定要猛，炒米胖的人动作一定要快。否则，受热之后的"蒸晒米"、米胖、芝麻蹦得很高，损失比较大。故尽管外面寒风呼啸，屋里炒制的人都是汗津津的，劳动强度很大。

切麻糖
摄影/金福根

以前，切麻糖是民间于年关所必行的备年货之大事，与家家户户酿红曲酒一样普遍，当家人或请师傅把红糖放在锅里熬成糊状，将芝麻或者"蒸晒米"等材料与红糖浆搅拌均匀，倒在由方木条制作成的2公分高、25×50公分大的模具中，用木锤压实（后改成用木磙滚动）压平。脱模后，用快刀切成片状麻糖块，摊凉之后，分别装进陶瓷罐里，并用米胖垫底与覆盖，以防止麻糖受潮。

当年，切糖时民间有个不成文的禁忌，即忌讳不速之客。说如有人突然推门进去，"麻糖鬼"就进去，麻糖散了不成形状，就喊被"麻糖鬼"吃了。如今想想，可能是冷风进去了，影响了麻糖成形。所以，切麻糖的农户都是门口紧闭的，不希望人家来，而有"窍门"、会避嫌的人，虽然听到声音、闻到香味，肯定不会去串门。

（朱履生）

人情冷暖看鸡蛋

鸡蛋，在以前的人看来，它不仅仅是珍贵的食物和美食，还是传递邻里亲情、寄托美好愿望、缔结爱情的信物和载体。

自古以来，义乌人热情好客，竭诚款待。民间有句谚语：客人是条龙，不来家要穷。生动地表明了义乌人的好客，而廿三里人尤甚。据村里的老人介绍，祖辈相传的规矩是，每逢春节或喜庆筵席凡遇客人登门，不论新知旧遇，"上门皆是客"，都要热情招待，不可怠慢。先是请坐奉茶，继以鸡蛋点心，就算是家里没有储备的，亦必向邻居暂借应付。以前的房屋少，坐客间兼厨房通道的比较多，为避免客人的不安，

鸡蛋
摄影/朱履生

女主人一般是将鸡蛋放在围裙下面拿进来的。眨眼动眉毛的客人会马上起身，让主人不要破费。不然，要被人误解为大咧咧的不识礼数。

鸡蛋，俗称"鸡子"，整个去壳的鸡蛋称为"元宝"，主人敬客时称：请捧元宝。如待客时不用鸡蛋，则被视为不敬重客人或不欢迎客人，相当于逐客令一般。放鸡蛋的数量也有讲究：放两只的表示一般的客气，放三只的则是贵客。不过，一般不能放四只，旧俗称是轿夫之类的才放四只。如放四只，有轻侮之意。

据传，在男婚女嫁的婚礼中，小小的鸡蛋还有传递男女双方意思的"食语"作用。以前的农村，男女双方第一次见面，媒人与男方随带白糖、藕粉、桂圆、红枣等"斤头"，按照约定日期去"看人"（相亲）。女方家人试谈之后感觉满意的，接待时则用两只鸡蛋加白糖，煮熟款待，如无此鸡蛋，示意女方不中意。男方如对女方不能肯定答复的，将鸡蛋吃一留一，如心中满意的，把鸡蛋全部吃掉。

茶叶蛋是传统小吃，煮茶叶蛋的茶叶，多用隔年陈茶为好，易入味。炖煮茶叶蛋前，要把鸡蛋洗净，煮至断生，再入冷水浸凉，蛋回锅，加纱布包裹的茶叶或其他佐料，清水适量，旺火烧沸，再用微火煨半天，使之入味。茶叶蛋要趁热吃，滚烫的鸡蛋在两只手里颠来倒去，边吹边去蛋壳，茶叶的清香已扑鼻而来。咬一口，蛋白滑嫩，蛋黄松软，甚是可口清香。

有道是"近朱者赤近墨者黑"。廿三里村与东阳接邻，东阳的"童瓢子"也传入廿三里村。"童瓢子"是用童尿煮成的。吃"童瓢子"的人相信，"童瓢子"特别养人，古稀老人可以强身，一般人可以春天不感冒、夏天不中暑。可以说，"童瓢子"是鸡蛋美食系列里的"黑马"，名符其实是"春天的味道"。

（朱履生）

祛暑清凉的糖饧

糖饧
摄影/李永

　　糖饧是义乌夏季传统祛暑清凉的美食，面对新鲜清甜的糖饧，轻咬一口，齿颊留香，让人久久难以忘怀。据《义乌风俗志》记载："糖饧（方言），以米粉、糖水调成糊状，放蒸笼内，炊成之软糕。"糖饧也成了夏天义乌人最爱的美食之一。

　　据廿三里村的老人介绍，制作糖饧的工序并不复杂，先把大米浸涨，加水后用石磨磨成米浆。接着加入红糖（白糖），或者煮好的红豆，加水慢慢搅匀，舀入炊粿帘中炊熟，开锅，待其冷却，再用刀划成菱形块状，糖饧就做好了。

糖饧
摄影/潘爱娟

　　"糖饧很多人都会做，做得好吃与否，里面就有门道。"据村里老人介绍，"大米要选用每年第一季的籼米，如果用杂交米，做出来的糖饧就太韧太黏"。米煮好后，磨米是看起来最简单却也最关键的步骤。"每次只能加一点，不能多，多了磨不细。一勺里面水要刚刚好盖过米，水少了磨出来都是颗粒。"接下来的蒸制放凉只需一气呵成。但在火热的夏天，就变得非常考验人，搞不好，人就容易烫伤。

　　从大米泡透开始，到磨米浆、蒸熟、放凉，直至制作完成一块块糖饧，总共需要长达七个小时的时间。而糖饧在夏天只能保存一天，放一夜便全无风味。所以很多糖饧师傅，常常是在晚上忙活一夜，第二天一早，便挑着糖饧踏着露珠上街叫卖，成为当时田园风光里的一景。如果卖不了，绝对不能掺杂到隔天去卖，这是几十年来这个行当约定俗成的规矩。

（朱履生）

难忘的玉米饼

在20世纪六七十年代，玉米饼是廿三里村农户的重要食物之一，它虽没有米面那样普遍受人欢迎，但起码可以让人免遭饥肠辘辘的折磨。在当年吃不饱人的眼里，玉米饼是天底下最好的美食之一。

玉米饼
摄影/潘爱娟

以前农户家里烤的玉米饼全部是玉米的成分，而玉米在现代人眼里，含有的维生素E，则具有促进细胞分裂、延缓衰老、降低血清胆固醇、防止皮肤病变的功效。以前栽植的老玉米，不是现在的甜玉米，因含糖量较少，粗纤维多，对减低血糖、增加肠胃功能有很大的作用。据《金华地区风俗志》（1984年版）记载，金华地区玉米饼的制作方法不是很复杂，先将玉米粉和水适量搅拌均匀，捺透之后成一大块面团，然后分摘成小块，再将每个小块分别搓圆后，夹在两只手掌中轻轻地不断予以拍压，团弄成大如碗口、厚如牛皮的圆饼，然后一个个地贴在锅壁周围烤熟烤松，越松越好吃。

　　廿三里村上了年纪的村民回忆，当年不同的人拍打出来的玉米饼厚薄不一，味道就相差很大。手艺不好的人，拍打出来的玉米饼厚得像砖块，吃起来味同嚼蜡。手艺高超的人就做得非常薄，看上去，玉米饼边缘均匀的指印有微微起伏的样子，有种无形的美感。考究一点的人家，弄一点猪油，或者豆芽，夹起来吃，整个弄堂的人都羡慕不已：有劲的人家真讲究。

　　睹物思人。小小的玉米饼，在当年的人眼里，除了饥饿的记忆之外，还有许多的联想。

（朱履生）

老味道的糕饼

老味道的糕饼
摄影/潘爱娟

糕饼是糕点和饼的合称，在义乌城乡有固定的市场人群。

今年61岁在廿三里新街开糕饼店的骆苏英是个老糕饼师了，她师从父亲，至今已经有40多年的从业经历。当年，她的父亲骆小虎在糕饼业是小有名气的人物，父亲15岁就当了糕饼店的学徒，两年后自己独当一面，在苏溪、楂林开过店，"公私合营"之后进入供销社工作直至退休，所带的徒弟将他的制作糕饼的手艺发扬光大。都说是一技在手，生活无忧。18岁那年，高中毕业的骆苏英就跟在父亲身后学做糕饼技术。在学手艺初期，骆苏英从最简单的揉面、烘烤开始，再到材料的配比，一样一样地学，认认真真地记，慢慢地烂熟于心，想不到这一干就是几十年。

在食品匮乏的年代，麻饼、市荷糕、雪饼（三分饼）一直是供销社供不应求的热销产品，是那个年代走亲访友、探望病人的最佳选择，更是许多老年人心目中的最爱点心。骆苏英介绍，做糕饼利润比较薄，每天早上5点钟就起床了，到下午4点多才收工，比较辛苦。以市荷糕为例，除了糯米粉加白糖和薄荷之外，不加任何添加剂，材料一样不少，工序一道不减。

几十年老味道的糕饼，不变的是经营者的执着，不变的是人们对那个年代难忘的记忆。

（朱履生）

红糖制作破皮糖

　　在鸡毛换糖人的箩担边，一群小孩垂涎欲滴地围着破皮糖，眼睛死死地盯在破皮糖上面那一层薄薄的炒米粉，鼻子在轻轻地嗅动。忽然，一个小伙伴让父母用鸡毛换来几块破皮糖，顿时，这个小伙伴就成为大家眼睛里的明星人物，那些眼睛里喷着火的小孩赶紧回家去寻找鸡毛了，换糖人的生意非常好。

　　据村里上一辈人讲，最早的时候，熬破皮糖是利用义乌西南方向的劣质红糖"斧头破"做的，因红糖砂性不够成块状凝结，要用斧头才能敲开，这种红糖经济价值不高，市场上没人喜欢。结果，熬破皮糖的人来收购，农户求之不得，从而变废为宝。但随着糖蔗种植技术与熬制技术的不断提高，"斧头破"慢慢地消失了。

　　破皮糖与生姜糖相比，各有各的优势，破皮糖吃起来不粘牙，老人小孩特别喜欢，销量也比较大。"破皮糖"亦称"和货糖"，将"斧头破"和饴糖（或红糖）一起下锅煎成糖浆，加入苏打粉，倒入铁皮制作的糖盘中，不能搅拌，防止无法凝结成块，糖浆冷却后，就成蜂窝状的大糖饼。

（朱履生）

破皮糖
摄影/陈培亮

廿三里老街
摄影／金福根

老街变迁 怀旧时光

    老街，犹如一首首经典的唐诗宋词，散落在你我记忆的枕边；它是雨巷中撑着的油纸伞，它是记忆里踏出一串串音符的青石板。每一处每一段，都能勾起乡愁的思念，叫人情不自禁地感悟春暖花开的日子，体味喧嚣中的宁静，回眸流光中的沧桑：那溪、那桥、那街，记忆里共同交织的悠悠岁月，一人、一店、一屋……每个元素的变迁都是社会发展的缩影。

理发店里的旧时光

    一把露出了铸铁的老式转椅，一面镶着金边的黑框长镜，一个古旧的木头脸盆架，一条油迹斑斑的剃刀布，"唰唰唰"的刮刀声……

    在廿三里老街83号，理发师虞松满正拿着一把折叠式的剃须刀，认真地给躺在转椅上的顾客刮着胡子。这是一张用了几十年的老式转椅，转椅立起来可以剃头，放平了可以刮脸。转椅正前方的镜前台上放着剪刀、梳子、海绵、泡沫膏和几把刷子，镜子里反衬出的是挂在后墙上的几张书画，靠墙一边齐刷刷地放着六条掉了漆的竹椅，头顶的木楼板上挂着一个吊扇。在店面门口，有一个煤球炉，炉上总烧着一壶热气腾腾的开水。门上既没有招牌也没有店名，但街坊们都认识这家理发店的主人——虞松满。

    今年65岁的虞松满是这家店唯一的理发师，也是一名传统的剃头匠。每天上午8点，他骑着电动车来到理发店，准时开门营业，一直到下午5点回家吃晚饭。虽然如今的生意没有以前好，但还是有很多老相识光顾，或理发，或小坐片刻拉拉家常。虞松满说，客人一般在9点后来，下午两三点是一天中客人最多的时候，如果廿三里或附近各村有演出，客人就会多一些。

    虞松满从事理发行业近50年了。1971年，16岁的他跟着同一个生产队的叶贞桂师傅学剃头，在跟着师傅一起在老街做了几年后，就自己摆了摊子做。20世纪六七十年代，人们都习惯称理发师为"剃头老师"。一条凳子，一个脸盆，一块围布，一把剪刀，就是"剃头老师"的全部家当。那时候，剃头只是一种副业。农闲时节，虞松满就提着箱子到集市或农村，在街边或村头支个"剃头铺子"，虽然没有特别的设备，来理发的人还是一拔接着一拔，一天下来，至少也要理三四十个头。剃一

老街里的理发店
摄影/潘爱娟

个小孩头5分，剪大人头发1角，一天的收入抵过生产队劳动的三四天。虞师傅的活动范围主要集中在廿三里东陈片区的活鱼塘、派塘、楼山塘、西田畈、陶店、麻车塘等村，这些村庄离廿三里老街近，来去方便，再说了，光这些村庄的生意足够虞师傅忙活了，他也不需要跑更远的地方去。

　　1978年，虞师傅在老街70号租了一间店面开起了理发店，这一开就是50年。50年里，店面换了六七回，但都扎根在老街上。50载春秋，让虞松满拥有了无数老顾客，除了廿三里、江北下朱、江南下朱、东傅宅、下王、下骆宅这些邻近村的老人，一些搬到其他地方居住的老客每个月也会定期来找他理发剃须。义乌城里也经常有人来，甚至东阳的也有跑过来的。就在前几天，就有两位东阳的老人过来。反正现在老人乘车不要花一分钱，就当是出来走走、散散心。还有一些小孩也会由大人带着来店里剃头，虞师傅的理发价格跟城里那些美容美发店相比便宜了几倍。

刚开店那年，虞师傅给人剃一个头也就1角5分钱，不过那时候的房租也便宜，每个月只要3元钱。后来房租一年年涨，理发的价格也慢慢涨到3角、5角、8角、1元、1.5元、2元……去年理一个头10元钱，今年涨到了15元。即便是这个价也很便宜，洗、剪、剃须、修面，有的顾客胡子密而硬的还需用热水敷，整套流程下来要半个小时。前些年到店里来的也有一些付不起钱的老人，这样的顾客虞师傅就干脆不收钱。遇到一些忘记带钱的顾客，他也从不去催讨，顾客要是想起了就给，想不起就算了。

问及有没有年轻女性来店里理发或烫发，虞师傅说他这里很少有女顾客，也没有烫发业务，来店的顾客多为老人和小孩。老年顾客的群体相对比较稳定，发型也基本固定。小孩子则是剃满月头和百天头为主。剃满月头时要为孩子画上眉毛，在额头的中央点一个圆圆的红点，把小孩子装扮得漂漂亮亮。剃这种头，孩子的父母都会多付点钱，早的时候有给1角的，有给5角的，甚至更多，现在一般的顾客都会给个20元50元的，但虞师傅从来不会提要求，都是随顾客出手。

随着社会的发展，时代的进步，美容美发行业迅速崛起，理发店升级为"美发店"，"发型师"取代了"剃头匠"，传统的理发手艺渐渐淡出了人们的视线。虞师傅的生意也在一天天萧条，现在一天也就接待十来个顾客。问他准备什么时候退休，他说干他这一行的没有退休不退休之说，只要有生意，只要还能干，就一直干吧，但估计也干不了多久了，老街马上要改造了，这店面肯定也要收回的。

（潘爱娟）

吾心深处有杆秤

秤是中华民族衡重的基本量具。两千年前，我们的祖先运用杠杆原理发明了木杆秤，于是，一桩桩生意就在秤杆与秤砣的此起彼伏间成交。

钉秤又称制秤，本文所指的秤是传统的木杆秤。钉秤是门极其精细的手艺，要经过大小工序30多道，一个小小的失误便会影响到杆秤的准确性。现在电子秤普及，用木杆秤的人已不多，会这门手艺的人更少了，昔日的辉煌已不复存在。但在义乌市廿三里街道廿三里村，仍有一位老人坚守着这一老行当，他就是从事钉秤行业40多年的朱俊德。

朱俊德在20世纪70年代初开始学钉秤，先是和好友朱庆仁一起到乡下钉秤，两个人一副担头，一个去村里招揽生意，一个守着担头钉

老街里的
秤店
摄影/吴江平

秤。朱庆仁考上金华师范后，他又和同村的黄金龙一起钉秤。从两个人一副担到每人一副担，做了一个村再换一个村，走到哪里就在哪里吃饭留宿。那时他们要到离永康方岩不远的一个小镇上配零件和秤杆、秤砣。由于交通不便，东阳到义乌没有车可以坐，朱俊德前一天准备好扁担、袋子、绳子，走路到东阳东站，再坐车到古山，当时东阳到古山车费一元钱，古山下车后需走路到派溪镇，住在老百姓家里，第二天吃了早饭去配货。那些年头卖货也是偷偷摸摸的，他就跟着卖货的人到屋里去拿。配好的货用肩挑了10多里路到古山乘汽车至东阳，下了车接着用双肩挑回义乌。因为秤钩、秤砣都是铁铸的，每个最少一斤，重的几斤，这一副担子压在肩上也是够受的。

那些年，朱俊德农忙时参加生产队劳动，农闲时就偷偷出去钉几天秤。后来村里成立了综合小组，要交副业费，他们在桥头租来一间房，修伞、钉秤各种修理组成一个组，按工分和成本分成，由大队统一管理。过了两年，综合小组解散，黄金龙去承包农场，朱俊德回家务农，空闲时为村民们钉钉秤。

改革开放后，秤的普及进入一个高峰期，由于木杆秤价格低，便于携带，使用方便，几乎家家户户都有一杆秤，有的家里甚至有几杆秤。朱俊德的钉秤生意也空前地好起来。他主要是到乡下的各个村，挑着钉秤的担头一个村一个村地走。每到一个村，选一处人员比较集中的地方，放下担头，然后手里拿着一把秤，去挨家挨户喊"钉秤修秤了"。有些人听到叫喊声就会拿着坏了的秤过来修，一些家里没有秤的会买一根，有的有秤杆无秤砣的就配一个砣。有的要求老秤改成新秤，反正什么样的都有。如果有人来买秤，朱俊德就会同对方商定好，钉多少斤，做什么用，什么日子可以拿，而且绝对保证质量，直到客户满意为止。

钉秤的担头是有点重的，光砝码就有几十斤，还有秤砣及其他材料，起码上百斤重，天天这样挑着也是一个负担，朱俊德会把担头暂寄在某个村民家里，这样第二天再去时就轻松多了。有生意就接着做，没活就换个村庄。农村没有饭店，有熟人就到熟人家里吃，没有熟人就到来钉秤的客户家里吃，虽然一天到晚做不了几个钱，但比起生产队里的工分要好很多。

钉秤是个道德职业，秤本身就是公正公平的工具。在朱俊德的钉秤生涯中，从不唯利是图，从不对客户敲竹杠，不管是什么人都公平对待。他时刻牢记钉秤是个精细活，制秤人需要"斤斤计较，毫厘必究"。钉了几十年秤，他从来没有钉过有失良心的秤。那种缺斤短两的秤，给他再多的钱也不做。也曾有收废品的要他做三斤秤，就是原来三斤废品变成两斤，这样一斤就偷下来了。还有的要求做拉杆，把十斤变成八斤。每遇到这种情况，朱俊德就教育他们赚钱要有公德，要对得起自己对得起他人，绝不能赚黑心钱。

朱俊德说，现在自己年纪大了，眼睛也不是很好，钉秤的生意也少了，但来找他修秤的人还是有的。虽然没什么生意，他还是在自家门口留着电话号码。只要他在家，无论是钉秤还是修秤，他都会随叫随到。如果是从他手里钉去的秤，他会不计成本做好后续服务。

（潘爱娟）

苦乐人生老木匠

1970年9月13日，在普通人的眼里，这是一个普通得不能再普通的日子。然而，对于家住廿三里老街的吴厚富来说，却是一个终生难忘的日子。在他的记忆里，那些曾经发生的事情，似乎既非常遥远又恍如昨日，清晰而明朗。

"那天是我进'义东木业社'当学徒的日子，只因我姐姐得了很难医治的白血病，而家里又穷得叮当响。于是，父亲便向他所在的'义东木业社'借了400元钱。在那个计划经济的时代，说这400元是天文数字，一点也不为过。光靠他那点微薄的工资要养活一家老小，连基本的温饱都很难保证，何况还有一个得了重病的人需要医治。一年忙到头，不但没有余粮，还成了生产队里的超支户。在这样的情况下，要想还清这笔400元的债务，谈何容易。"万般无奈之下，父亲只好把年仅15岁的长子吴厚富叫到跟前，让刚读完初中的他放弃继续读书的机会，进入木业社当小学徒，再拿父子俩所挣的工资用来抵债。那一刻，吴厚富终于明白了生活的难处。

当学徒，并不是一份轻松的工作，师傅立下的规矩必须遵守。不仅如此，还要手脚勤快、眼里有活。在没有出师之前的三年学徒生涯里，不能触摸师傅的工具、不能跟师傅一起吃饭、不能提及技术方面的疑问，只能不断地练刨木头、锯木头、砍木头等基本功。说起这些，在吴厚富那副忠厚的国字脸上，丝毫发现不了有任何的不满和委屈之情。

进木业社的初衷，本来只是挣钱还债，结果没想到，这一干就是整整18年！在这18年的木匠工作里，每当独立完成一件作品，吴厚富的心里就增加一份成就感：比如农田里必不可少的犁、耙、耕、耖，家里头的交椅凳桌，以及稻桶风车、谷柜钱柜等物品，这些几近完美的手艺，

老街里的老木匠
摄影/吴江平

得到用户的好评，也使他一跃而成了远近闻名的木工师傅。"我做的风车是出风最好的，我做的猪栏牛栏也是最结实耐用的，因为做风车的秘诀是自个摸索出来密不外传的，还有做猪栏牛栏的木料不能像做家具一样必须将木头晒干，但是做猪栏牛栏的木头却必须要刚砍下来的湿木头，这也是我实践出来的经验。"说起这些，吴厚富脸上充满自豪感。

整整18年的木工生涯，早已成了他生活中不可分割的一部分。只因后来由于国家实行改革开放政策，木业社也与配件厂合并，台头也由"义东木业社"更名为"义东配件厂"，由原本的纯粹生产木器，增加了一些工业机器设备中所用的一些螺丝螺帽之类的五金配件产品。后来随着义乌小商品市场的迅速崛起，很多街坊邻居都不再满足于一个月几十元的死工资，纷纷离开家乡，投入到了下海经商的大潮之中。

吴厚富也在坚守了18年的木工手艺后，告别了这个曾经带给他无限快乐且即将解散的配件厂的木工岗位。1989年，他跑到四川省的巴中县做起了生意。

（杨芝玲）

老街打铁店记事

　　在老街许多老居民的心里，"叮叮当当"的打铁声是最动听的音符。打铁店是廿三里老街唯一的铁店。铁店是夫妻二人开的，丈夫是师傅，妻子打下手。不用走进，远远听那声音就知道这是哪里。当年，李宅村的丁善法夫妇婚后就在老街只有30多平方米的打铁铺里坚守着。

　　俗话说，"穷人的孩子早当家"。这对于出生于20世纪50年代的吴厚林来说，最合适不过了。由于父亲吴金寿年轻的时候经常串佛锭，导致视力极差，无法干农活。吴厚林13岁时，就跟大人一样用独轮车拉上四五百斤的东西，来回奔跑不在话下。正是有了这一身蛮劲，16岁的他被廿三里大队推荐到打铁店叶世昌那里学打铁。"打铁是记工分的，打好的成品归大队。"他说，"打铁不仅仅劳神劳力，更重要的是，时常会被四处飞溅的火花烫到。这种苦，不是一般人能接受得了的。"

　　打铁通常是两人，一个主锤，一个副锤，你一锤我一锤，很有节奏地砸向钢墩上的毛坯料，霎时，火花四溅，铁星飞舞，一件件铁具在人们的眼花缭乱中定型。那些日子，师傅和徒弟赤膊上阵。在铁砧子上，徒弟抡大锤，敲；师傅持小锤，点。一大一小，一敲一点，一浊一清，声音有了节奏。徒弟或女主人蹲在灶膛前推拉风箱，呼哧呼哧，把火烧得极旺。烧红的炭在风力下一闪一闪，似乎要化成水。铁砧子旁有一只大木桶，里面盛着冷水。每打几次铁，都要用钳子把铁器入水冷却，行话里叫淬火。淬火可以使其硬度增强，以后会更耐用。淬火后还要回火，就是在炉子里继续烧，烧红后放在铁砧上再敲打。那些日子，勤快的吴厚林每天天刚一亮就赶到店里，帮师傅从溪里挑6担水，以备饮食、淬火之用。

　　那时，打铁店的铁器成品都是与传统生产方式相配套的农具和生活

老街里的铁店
摄影/吴江平

用品，主要是锄头和菜刀。吴厚林跟着师傅边学边摸索。由于抢大锤的活是下手，他学了四年也没能掌握打铁要点，就无法另起炉灶。后来，他只能随大流干起鸡毛换糖的活，积累了一些资本。四五年后，他重新跟着师傅打铁。这个时候，师傅看东西越来越模糊，就让他持小锤，从而学到了打铁的精髓。有时一天得打五六把菜刀，或者8把锄头。

吴厚林介绍起打铁经验时，头头是道。淬火和回火技术，全凭实践经验，一般很难掌握。各种铁器，虽然外形制作十分精美，但是如果师傅的淬火或回火的技术不过关，制作的铁器也是很不耐用或者根本就不能使用。常言都说"好钢要用在刀刃上"，用了钢的刀刃那是铁匠技术的结晶。他们管刀剪锄镰类煅打件叫刃头货。早先的刃头货没有全钢打造的，都是铁加钢制作。铁加钢有两种工艺，一是铁钢搭接热合；二是铁夹钢热合。铁夹钢的刃头件上，用钢居中，刀刃位正不偏，使用中刀快、易磨。制作时，先把铁件坯料和做刃的钢坯料分别几经煅打成型，然后一齐放炉火里煅烧，待铁件坯料热至熟火的程度以上，迅速出炉，在砧子上用凉铁钝刀把坯料中间劈开一条缝，再将烧好的刃头钢坯料出炉，掖到铁坯件的缝里，迅速捶打热合，这是铁与钢的熟火，全部动作越快越好，成功率会高。否则一火不成，还得再火。所谓"一火成功"语由此出。

随着城乡经济的快速发展，打铁这一传统行业，也就慢慢地消失在人们的视线里，成为一个时代的记忆。

（王锦豪）

来得茶馆慢生活

　　来得茶馆是廿三里老街保存较为完好的茶馆，位于老街67号。走过茶馆对面的道路，另一个与外面老街风格迥异的世界就会呈现在眼前。茶馆所在的老式建筑建于上世纪初期，是义乌最常见的砖木式房屋结构。灰瓦白墙砖木结构的建筑，像是20世纪30年代老照相馆的经典黑白作品，定格在永恒的记忆和历史岁月里……

　　茶馆环境简陋，光线也不够好，但从早到晚仍能见到茶客光临，大家在这里停下脚步，享受闲适的生活。此处虽不产茶，茶客们也不追求名茶新茶，喝的是清一色的绿茶。喝茶以人数计费是茶馆的标配，最贵不过5元一位，还能续水。当然，茶客也可以自带茶叶、水杯到这里，给点水钱，泡一壶茶。这里没有精致的紫砂壶，没有豪华的红木桌椅，茶客们一边品茶，一边谈笑，无拘无束。

　　一把铜壶，一杯清茶，几段有趣的故事，诉说着老茶馆的坚守与发展。老板黄汉桥已是古稀之年，但一提起其对面"来得茶馆"的旧址依旧神采飞扬，楼房的门板上"清晰"地记录了这段历史：1987年，廿三里文化站站长的叶春海开办了一家茶馆，还特地推出借书、道情、放映录像等一系列措施吸引贩夫走卒，可生意依然不温不火。坚持了大半年后，叶春海不得不让黄汉桥接手，继续经营茶馆。

　　茶馆其实是茶客造就的。对于茶客来说，最惬意的事情，就是把茶馆当成休闲场所，大家到这里可以无拘无束，漫无边际地胡扯闲聊，只要彼此说得开心，说得有趣，就行。直到兴尽茶白，才各奔东西，如此多快乐。

　　如今，在这条街巷中，保存完好的"来得茶馆"成为当代人了解老街历史，享受慢生活的休闲场所。

（王锦豪）

美好相伴裁缝店

经过历史的洗礼，这条老街逐渐淡出了人们的视野。但街头巷尾，仍然饱含着老一辈廿三里人的怀旧情怀，时不时谈起曾经的辉煌。而素有老街"三剑客"之称的裁缝店，自然是绕不开的话题。

旧时缝制服装，都是裁缝师傅独自将量体、裁剪、缝纫、熨烫、试样等各项工序，一人完成，即俗称"一手落"。"量尺寸"是老街裁缝师傅朱开轩的独门绝活，他做了一辈子的衣服，也练就了一双"火眼金睛"，无论来客胖瘦高矮，他一眼就能辨出身形尺寸。

那时的裁缝店的设备很简单，老街上有一间门面房，有比单人床大一些案板，案子上垫着毡子，上面铺着垫布，使用的缝纫机大都为脚踏缝纫机，熨斗是火烧的长把熨斗。案子上面吊着一根竹竿，挂着各种颜色的线，再加上一个放衣服的货架，这便是全部生产设备。

裁缝店不大，进门摆着一块案板。案板的一旁，放着"裁缝四件"：一把剪刀、一条皮尺、一把木尺、一块划线粉笔。有时，边上叠放着一些布碎。室内的缝纫机静静地等候着，随时随刻为主人效力。

那时的裁缝是一门很吃香的行业，裁缝师傅整天在埋头量尺寸、剪线头、缝扣眼、烫角边、踩车缝制、裁剪……俨然现在的"专家级"人士一样，备受人们的尊重。

还有就是由于是新奇事物，人们都对裁缝铺里的熨斗充满好奇。"滋"的一声，白汽直冒，软耷耷的衣领就挺括括的了。又"滋"的一声，白汽冒过，裤线就溜溜的一条直。

俗话说"裁衣难过年，篾匠难种田"。一到农历腊月时节，朱开轩被左邻右舍"安排"得满满当当的，妇女们忙着张罗一家人过年新衣服。

量好尺寸，师傅迅速用画粉片画出条条，大剪刀咔嚓咔嚓，清脆的剪布声透过临时用大门搭成的案板，那是最美的共鸣。师傅用手拨一下右边的小车轮，带动大轮转动，线轴转得飞快，一行行密密麻麻的针，将一块块布拼接起来，脚踏时快时慢，手上时急时缓，麻利地转弯，在滴答滴答的响声中完成锁边、衬布的道道工序。眼看游走在针尖的手指快要被扎，手指却像长了眼一样滑开，让人看得着迷。缝纫机哒哒的声音竟然也变得非常迷人。

父传子，子传孙，代代相传。"他的裁缝手艺就是跟着父亲朱祖友学的，而他的爷爷就是朱开轩。"今年69岁的朱庆丰自豪地告诉笔者，"那时，要挑着缝纫机上门服务，不过这个活几乎都是东家代劳的。由于熨斗无法移动，上门烫衣都是用烙铁完成的。"

量体裁衣的时代，终被批量生产的浪潮所取代。朱庆丰说，这样也乐得清闲，年纪大了在家含饴弄孙，其乐融融。

（王锦豪）

留住光阴照相馆

　　一张泛黄的老照片，刻录着昔日的故事，足以将你带回旧时岁月。在点滴回忆里，依旧能捕捉到数十年前的痕迹。而这一切，都源于老街上的那家照相馆。

　　这是廿三里唯一的一家照相馆，面积不大，里外间。里边的东西也很简单，里间是洗黑白照片的小屋子。那时候的照相馆还没有照相专用的衣服，照相的人穿着自己的衣服拍照，或者和同伴换穿再照相。在过去，拍一张照片是非常难得的事，因此也记录下了人生很多重要的时刻，比如孩子出生、老人做寿或者毕业照、结婚照等，每一张背后都有一个精彩的故事。今年66岁的马义民表示，通过这些保存着的老照片，人们能够感受时代的变迁。

　　拍照这门手艺，是他的父亲马乾银从佛堂学来。那个时候，来拍照的人不多，为此父亲常常是上门服务的。从廿三里到村里有十里光景的路程，父亲挑着照相机等器材，要一步步走到那里，而且不能收取任何服务费。拍人物肖像看似很简单但也是最难拍的。简单在于背景简单，主体简单；难的是摄影者需要瞬间把控这个人物的精神特质。在拍摄人物外形特征的同时，也要拍下人物的性格特征。尽管所有的脸具有相同的生理构造，但它们看起来并不相同，脸部的每个元素在形状、大小以及间距上的不同，足以为每个人塑造出一张极具特性的面孔。想要把控好人物当下的灵魂瞬间，这是最考验摄影者功底的事情。

　　揭开遮挡的幕布，取景框、放胶片的格子、可以让相机升降的滚轮，里面的小窗口可以看到倒立的影像，为了防止透光，人得钻到幕布里拍，按下快门线下的"橡皮球"就能拍下照片了。1979年12月，正式入行的马义民，几乎将自己的青葱年华都留存在照相馆，日子也算是美。那时的马义民，对摄影有着青涩的喜欢，炽热又柔软。而且那个时候的费用也不高，四张一寸照片三角九分钱，加色的须再收取五分钱。那些年，拍全家福都需提供上门服务，四寸照收1.85元，六寸照收3.55元，不再收取其他的服务费，所以这行业的口碑特别好。

最初拍的都是黑白照，从配药水到冲洗，每一个环节都靠自己去摸索。时间一长，只要用手一摸，他就能分辨出底片的正反面。黑白照最忌讳的是底片上残留药水，一般需要在清水里冲洗45分钟以上，这样的照片能保存更持久一些。取相片的期限一般为5天左右，没有现在立等可取的速度，主要是顾客不多，也是为节省冲洗成本，多挣点钱而已。

如今，"廿三照相馆"已消失在人们的视线里，更多的是成为这个地方的一份记忆。

（王锦豪）

流金岁月忆药店

　　吃五谷，哪有不生病？一条街，一个村，或是一座城，唯一不能缺的就是药店了。在老街，那时的药店也比较多。一条四百来米长的街上，经营着近十家大大小小的药店，成了一道独特的风景线。

　　那时的药店，基本上专售中药，店内有坐堂的是清一色的老板兼医生，不仅能及时抓配处方外，还可以为常见的感冒风寒等小病的患者咨询抓药，方便求诊者治病和买药。遇上经济条件不好的家庭，甚至可以赊账，以便留住生意。关键是减少患者的来回奔波之苦。

　　中药铺是个让人安心的地方。除却气味好闻，还有"治标治本"的气场效应。走进药店，那特有的中药香，早已让人忘记了来时的焦虑、紧张。看着医生闭目养神式把着脉，神情是那样安详、淡然，足以让百姓得以安然，病痛似乎也减轻了几分。那时，有些小孩被父母急匆匆地送到药店，看着医生闻着药味，小毛病居然在一惊一乍中不治而愈。

　　药材店的布局是老式的，高高的木制柜台，店里摆满了橱柜，橱柜上有许许多多小抽屉，是用来存放中药的。橱顶上还有大大小小的坛子，也是放药材的。一排排抽屉，一只只坛子，放置各式各样的中草药。药店老板按照患者提供的药方将一味味药秤好、配好，再包扎起来交给顾客，千叮咛万嘱咐，把治疗期间的饮食忌讳再三进行重复、强调，生怕延误患者的最佳治疗时机。药店也有膏药出售的，分大贴和小贴，大贴用于跌打损伤，小贴用于各种疗疮。

　　时至今日，老街的居民仍然猜不透药店的名称出自何处。大家只能从现有的名字中去猜测：回生堂应该有"起死回生"的内涵，而承德堂药店的堂名，多少传递出"诚心诚意服务于人，弘扬医德以德济世"的医德仁术精髓所在。

（王锦豪）

仁和客栈美名扬

　　"仁和"的招牌耐人寻味，创办人是廿三里的施林生。与其齐名的有"永和"火腿行、"同和"杂货店，各具经营特色，各展名店风采，形成"三足鼎立"的态势。

　　那时，廿三里老街上能提供住宿的旅馆不多，主要集中在洋桥头，有小木、土木之类的小户人家开设的统铺店，住的人也不多，几个人一张床铺，价格十分便宜。还有就是中街的朱福兴、朱永堆，从方岩拜胡公回来的客人，就住在这里的，一来就是十多个人，第二天一大早就赶回诸暨，后来生意不好也就不开了。今年68岁的施文良，如数家珍地聊起这些往事："要算最兴的，还是下街头的施林生，他是饮食开饭店兼住宿，有几个常客一年到头住在那里，好像是做手艺的，钉秤的都有。"

　　"廿三里之所以叫廿三里，是有5处廿三里。从东阳、上卢、苏溪、义乌（稠城）等地出发，到我们这里都需要步行二十三里的路程。在交通极不便利的情况下，这里是通往廿三里东西两边的交通要道、必经之路，自然成为苏溪、东阳、诸暨等一带客商的"中转站"。这里开设商店、客栈，就能为过往的旅客提供方便。"出生于1943年3月的施文兴，一言道出"仁和"的奥秘。

　　开饭店的房屋，有十来间，都是木质结构的民居。施文兴说，他的父亲负责管理兼收钱、记账，母亲黄新凤会拉一手好面，这应该是留得住客人的主要因素。店里聘有两名厨师，被人称为"禄师"的吴厚禄一年到头负责掌勺烧菜，还有正值青壮年被人叫"弟弟师"的厨师是繁忙时期过来帮忙的。每年的农历八月，是上方岩拜胡公的黄金时节，所有的客房都住满了人。那时，他常常被父母安排去左邻右舍借棉被，第二天再还回去，并付给他们五分钱的使用费。所以，邻里之间相处得十分融洽。饭店里经营的都是小本生意，可以说物美价廉。母亲做的拉面，具有线条均匀、柔软而韧、落汤不糊等特点，关键是清爽味美、口感特好。每碗拉面就收2角钱，住宿费也是2角钱一夜，这些都是吸引人的主要原因吧。

如今，老街已褪去了繁华的外衣，显得古朴又宁静。但街边的老房子老铺子，还是能够让我们想象到过去这里热闹的街道和熙熙攘攘的人群。

（王锦豪）

仁和客栈
摄影/吴江平

一路欢歌供销社

不经意间提起供销社，犹如打开一段尘封的历史，久远、陈旧、统购统销等单词立即涌上心头，变成挥之不去的清晰记忆。它是几代人的记忆连接，现在想来满是故事。

翻开1987年版的《义乌县志》，清晰地记载着供销社的历史：1951年4月8日，廿三里供销社成立。当时，采取自销、代销等办法经营"红三角"牌硫酸铵、饼肥、绿矾、草子种、石灰、卤晶、雷公藤（土农药）、小农具等农业生产资料。后推行"购销合同"制，积极收购废铜废锡等物品。1978年至1984年期间，供销社收购点从廿三里等4个发展到7个，收购的红鸡毛（也称公鸡三把毛）筛选后，经沪、穗、津等口岸出口。

在大家眼里，供销社是值得信赖的，是一处放心购物的好去处。被安放于这么古老的一条老街上，从新中国成立初期到20世纪80年代，真是应了那句老话："麻雀虽小，五脏俱全。"除大部分为纯朴的老街住户外，好多机关单位也分布在整条街上和周围。下街的施氏宗祠，成了供销社的经营场所。除此之外，还有地方政府和银行等部门、机构齐聚在老街。今年已81岁的朱永芳，如数家珍般介绍起供销社的点点滴滴："20世纪六七十年代——一个凭证购物的时代，供销社是我们购物的唯一去处。当时，我们的日常用品，如，火柴、煤油、糖、布、肥料等等，都是凭证购物。当时，是按人口发放购物凭证。那些年的物资比较匮乏，凭证购物可以保证每个人都能满足生活的基本需求。也是对待人民群众生命生活的公平公正之举。"

"一匹布、一根针、一双鞋……从买一颗糖到买一把雨伞，没有供销社根本不成。"跨过供销社的门槛，便可见木头台面的柜台和靠墙摆满琳琅满目的物品的木制货柜，再看所售的商品，上至锄头、镰刀等农具，下到香烟火柴、针头线脑，品种齐全。特别是柜台里的物品，如：解放牌胶鞋、松紧带、鞋钉等等，这些都是人们生活的必需品。此时此刻，如遇上有人购买糖果点心之类的食品，满屋子就会立刻飘出一股诱人的香味。当然，供销社还有那刺鼻的化肥、农药的味道。在物质匮乏的计划经济年代，家里缺盐少醋的，大到做衣服的土布、的确良和生产用具，小到针头线脑、煤油手套，都得到供销社才能买到。那时，供销社便是村民日常生活的全部，供销社的东西也从来没愁卖不出去。怀揣"粮票、布票、火柴票、肉票、盐票"，时时刻刻谋划着一丝一毫，谋划着过日子的茶米油盐，这些都是那个时代真实的生活写照。

时光流逝，世事变迁，已消失在老街中的供销社，只是历史的一个缩影。在闲暇之时，上了年纪的朱永芳等一些老人，时不时怀念起那些供销社的往昔故事。

（王锦豪）

潜心启蒙幼儿园

　　"勤学行，守基业，修闺庭，尚闲素。""才能知耻，即是上进。""多读书达观古今，可以免忧。"……一句句家训读来，便可知廿三里的历史与文脉，已浸润在子孙后代的血液里。由此可知，这样的一个地方，对教育的重视已经成为一种风尚，绵延至今。

　　据《义乌教育志》记载："1978年以来，幼儿教育由县妇联主管，乡镇政府、教育、卫生等部门共管，村办幼儿园快速发展。1980年起，义乌幼儿教育坚持'两条腿走路'，教育行政部门、机关企事业单位、农村集体、个体等多种办学主体参与，多形式办园。"正是在这样的背景下，廿三里村从实际出发，决定创办一所幼儿园。

　　一石激起千层浪。村里要办幼儿园，而且教书的老师就是从年轻的村民中筛选出来。顿时，报名者络绎不绝。经过统一考试后，择优录取。当时，18岁的朱美英在生产队干活，一天忙到晚才有3毛钱的收入。即使到粉干厂上班，也只有八九毛钱。如果能进村里的幼儿园，一个月就能拿18元的工资，条件可以说相当的丰厚。虽然她只有初中文凭，在那个年代也算是有文化的人了，属于为数不多的知识分子。在父母的鼓励下，她毅然鼓起勇气去报名，没想到一炮打响有幸被录取了。办幼儿园是村里为解决"大人忙于生产，小孩无人照顾"的家庭困惑问题而推行的强有力举措。更重要的是，它能给孩子提供一个良好的学习环境。当年秋季，在原活猪场的所在地开办廿三里第一家幼儿园。开办时，招收到学前幼儿大约200名左右，共有6个班级，分为小班、中班、大班三个阶段开展教育，由本村的朱美英等村民担任老师。

　　刚开始，来上学的孩子都要自己带板凳过来，有高有矮参差不齐。幼儿园是幼儿离开多人疼爱的温馨家庭，正式接触社会的场所。为了让孩子早日进入状态，朱美英和她的同事一起迅速转变角色，与孩子们交朋友，潜心幼儿教育。后来，村里添置了桌椅，环境也慢慢地改善起来。那时，学生的中餐都要回家去吃，学校最多提供一些饼干给孩子当点心。

（王锦豪）

琴枋牛腿
摄影/吴贵明

老街故事 民间传说

　　老民间故事是人们口头创作口耳相传的一种叙事性散文作品，蕴含着丰富的地域文化。在廿三里老街千年文明史中，承载着许多史书未曾记载的往事，散落着许多遗闻轶事。它们向人们诉说着灿烂历史和传统文化，向人们展示着古代传说和美丽故事。挖掘整理这些往事，对民间故事的传承发展与非物质文化遗产的保护产生积极作用。

土墩的故事

　　古时，廿三里村所在地是一片荒野，老街地面也只是一个土墩。那么土墩是如何形成的？又是如何消失的呢？这要从远古时期廿三里的地形地貌和水系说起。廿三里地处典型的丘陵小平原，有三股溪水自东直冲而来。东阳江是最大的一股水流，另外一股是王大坑山沟之溪水，再有一股是东溪坑山沟之水（今之廿三里前溪、后溪）。每当山洪暴发，三股水流汹涌澎湃，带着泥沙直奔廿三里。此处地形开阔，水势相对减弱，三股水流绞成一团，形成回旋，大量泥沙存积，久而久之，形成土墩，形状上面似珠下面似宝。山脉起自大岭与派塘之间的黄土山坡，起伏蜿蜒，此为龙脉。巨龙一头扎向土墩，按"堪舆学"论风水，此象为"黄龙探宝"。

　　相传土墩的消失关联着"颜乌至孝，慈乌来萃"这个美丽而感人的孝道故事。

　　古代有个叫颜高的人，携妻带儿从山东南下逃难。中途妻子遭恶财主凌辱，投井身亡。颜高、颜乌父子相依为命。父子俩心怀好德。有一次，他们救下了一只被毒蛇侵害致伤的乌鸦。两人风餐露宿，长途跋涉，挑担中安置着乌鸦，宁可自己受冻挨饿，也要对乌鸦细心疗伤、喂食。一段时间后，乌鸦伤愈。父子恋恋不舍地将乌鸦放飞，乌鸦在他们头顶徘徊盘旋，久久不肯飞离。后来，父子俩每遇危险，乌鸦均飞临提示，避凶趋安，一直护送颜高颜乌父子在浙中之地居住。

　　颜乌平常很孝顺，伺候父亲细心周到。父病，侍候榻前不离左右，端汤喂药，恪尽孝道，声名远闻；父死，他抱着亡父哭得死去活来，孤身一人，葬亲躬畚锸，孝行感天动地。忽然，飞来了一群乌鸦在颜乌头顶盘旋，"哇……哇……"鸣叫，音同啼哭，悲声响彻云天。乌鸦越聚越多，似召集会议，商议对策。不一会儿，成千上万只乌鸦向东飞去，落在23里之外的土墩之上，啄泥衔土，飞翔往返，纷纷把黄土堆放颜父亡体之上。乌助成坟，乌口皆伤，血流不止。后来，颜乌亡故，也是乌鸦衔土筑坟。

乌鸦义举超越人类，正是教育人们至善至孝的范例。公元前221年，秦始皇一统天下，利用"乌助成坟，乌口皆伤"的典故，设置了乌伤县，以资纪念，激励后人。唐武德四年（621）为稠州治，七年（624）改名义乌县。

乌鸦衔土后的土墩渐渐平整，珠型消失，宝贝尚存。高明之士利用"堪舆术"测得此地乃商埠通达的风水宝地，百姓聚而居之，形成街市，店铺林立，商品琳琅满目，客商南来北往。集镇地处要道，南北通衢，且距稠城、东阳、苏溪均为23里路程。于是，人们就称这里为廿三里村。

（蒋英富）

廿三里区域图录
摘于康熙《义乌县志》

宗泽让渡

北宋时期，义乌廿三里已经相当兴旺发达。当地崇尚经商，宗泽之父宗舜卿就在廿三里街上开店。宗泽小小年纪非常懂事，趁读书之余，经常去店里帮忙，擦拭柜台，整理物件。有时，父亲有事出去一下，宗泽还会招呼生意，货物销售对应无误，钱款收找分毫不差。顾客匆匆而来，满意而去，招致无数回头客，个个夸奖宗老板有个懂事的儿子。

从前，义乌廿三里水陆交通还算便利。只是往江东而去必须过江。大湖头江阔流急，人们过江只能依靠渡船。而渡口只有一艘每次只能渡三人的小渡船。

有一天，宗泽奉父命要往江东办事。当日正值廿三里集市，两岸渡口有多人等着上船。撑渡船的老大，为人正直。他见人们个个都说有急事，叫哪个先上船呢？十分为难。看来只有用对对联来取决过江的优先权，如此才能服众。等待过渡的多数是老实巴交的百姓，听说要对联，纷纷退后。

待渡现场只有四人才高：秀才、和尚、木匠，还有一个就是少年宗泽。秀才自以为饱读四书五经，通今博古，对对子十拿九稳；和尚、木匠觉得自己胸中也有点墨水，能张口成语，自是手到擒来。宗泽年纪虽小却有肚才，便胸有成竹地请船老大出题。

船老大说："这对子要嵌入头、身、脚、手几个字，还有我船老大最心爱的东西。"

秀才、和尚、木匠三人自恃有才，接二连三抢先应对，想不到一个个均不符合船老大心意，被船老大批驳得一文不值，三人羞愧难当，步步后退。船老大一看不觉哈哈大笑，说："还是听听少年郎的对子吧！"

宗泽不慌不忙地对道："头戴笠帽，身穿破衣，脚穿草鞋，手持锄

廿三里大湖头渡口
图说视界供稿

头，开荒种粮送老大。"

船老大一听，连忙拍手称赞："对得好，说得妙，粮食确实是宝中宝。出家人没饭吃不能念经，秀才不吃饭写不出文章，木匠不吃饭做不了工，我船家饿着肚子更是撑不了船。这样看来，这趟渡船只得让这位少年郎先上了。"随后，船老大按对联深意依次决定胜负，又安排木匠与秀才登船。

恰巧此时，有位老者气喘吁吁地奔到渡口，招呼船老大，说是家人病重急需过河请医。宗泽一听，人命关天，救人要紧，赶快扶老人上船，自己却跳下船，等待下趟船过河。人们纷纷翘起大拇指，称赞小宗泽品行高尚。

（蒋英富）

宗泽驳画

　　北宋时期，宗泽父亲宗舜卿与处州来的陈姓朋友结为异姓兄弟，在廿三里开店经商。在亲朋好友的接济下，宗泽才有机会进学堂拜师学艺，学文习武。凭着他的刻苦学习精神，小小年纪，琴棋书画无所不通。

　　义乌东乡有一个小时不爱读书，只喜涂涂抹抹，成人后生性夸张、不务实的王砬子。他在廿三里街上开了一个画坊。平日夸夸其谈，常在街头、闹市吹嘘自己笔墨传神，画艺逼真。更有甚者，他自说自夸，自己曾在一堵墙上画了一个钉子，一位工匠在装修房子时，竟然拿锤子敲打，欲把钉子钉进去。还吹嘘，他画了一幅绿草鲜花图，引来蜜蜂飞舞。王砬子这样自吹自擂，吹得天花乱坠，还真欺骗了许多门外汉，让他发了一笔不义之财。

　　一段时间后，王砬子扩大业务，财源滚滚而来。他挖空心思计算，认为只有把画坊重新开张，搞个热热闹闹的场面，把自己的画推介出去，以骗得更多的钱财。于是，王砬子关闭大门，埋头涂鸦，并择了个黄道吉日，在自己的客厅里张灯结彩，挂满了画，并写诗一首，贴在家门口，诚邀文人墨客、四方乡民光临观画。

　　画展开张之日，恰逢廿三里集市，人来人往，观者盈门，热闹非凡。展厅里的人，这个指，那个点，对王砬子的画艺赞不绝口。这一下，可乐坏了王砬子，更不知天高地厚了！一边嬉笑，一边作揖，似有大家风度。

　　宗泽早就听说街上有家画坊，生意不错，真想去观摩一番，学习人家的长处。只是忙于读书与帮助父亲做生意，每每路过门前而没有进门观看。当天，宗泽在父亲的店里帮忙，听人说，王砬子在办画展，观画之人接踵而来。对书画颇有钻研的他觉得心里痒痒，也想去见识见识。

征得父亲同意后，宗泽前往观画。他看着看着，蓦地在一幅斗牛图前停住了脚，用手指着画中的牛尾巴，口中说："哈哈！真是画蛇添足！"在他旁边观画的人也跟着宗泽笑了起来。

宗泽的评论与人们的笑声，让王砬子认为是在嘲讽他！王砬子便沉声责问宗泽："你小小年纪为何取笑？"

生性耿直的宗泽却理直气壮地反驳："我也在习画，懂得画应与实际相符。前些年，我替老财家放过牛，略知一些牛的习性，只知牛在相斗之时，尾巴总是紧紧夹在后腿中间，这是牛最发力的象征。而这幅画中的牛，尾巴却翘得老高，可谓牛头不对马嘴，被人嗤之以鼻是常理呀！"

众人一听，恍然醒悟，纷纷附和："有理，有理！"

王砬子听了却怒火中烧："这不是当众出我的丑吗？"正想发作，但细一想，宗泽挑出的毛病，句句在理。若此时翻脸，只会落得声名狼藉，更加难以收场。于是，王砬子只得强压怒火，把斗牛图撤下。

从此后，王砬子再也不敢自吹自擂了，他放下架子，重新钻研画法。数年后，王砬子画技有很大提高，他从心里感激宗泽。每逢有人买画，王砬子总是先介绍自己画技是经宗泽指点成才的。如此一来，王砬子画坊的名声大振，求画者络绎不绝。

（蒋英富）

仙姑潭

只要提起廿三里粮管所，义东一带的百姓都知道具体位置。但大多数人都不知道粮管所西面曾经有一处风景名胜，叫仙姑潭。仙姑潭上面是仙姑殿。仙姑潭原称放生潭。放生潭深不见底，渗水很大，两股渗水汩汩往上冒，水质清澈。仙姑潭、仙姑殿四周遍植桃柳，一到春天，桃红柳绿，风景如画，美似世外桃源。仙姑殿香火旺盛，善男信女共同有约，放生潭只准放生，不准垂钓。由于历史的原因，仙姑潭、仙姑殿现已荡然无存，实为可惜。然而，仙姑潭的故事，当地百姓口口相传，流传至今。

廿三里民风淳朴，百姓勤劳善良。古时，廿三里下街头有一户施姓人家，四代同堂，忠孝传家。施老太公饱读四书五经，是位有识之士，制定家规万善孝为先，教育子孙多行善事，救困济贫。施家上下三十六口人，个个都是忠厚老实的善良之辈，平时勤劳耕作，临街的店面也经营一些百货杂物，一家生活安逸而富足。

有一年，天遭大旱，百姓受天灾之祸，饥荒无粮。施老太公命儿孙舍粮施粥。一段时间后，眼看自家也将断粮，儿孙据实相告。施老太公道："就是饿死咱们全家，也要救百姓活命！"

不知是施家的善举感天动地，还是苍天有眼。当夜，大雨倾盆，大地浇透。百姓抢种自救，度过了灾荒。此后，当地百姓普做善事，人们纷纷把水族生灵拿到放生潭放生。

有一次，亲戚给施家送来一条红鲤鱼，施老太公四岁的曾孙小宝，看着这活蹦乱跳的鲤鱼将受果腹之灾，不禁"哇哇"大哭，跪在太公面前再三请求免红鲤鱼一死。施老太公反复解释："此鱼就是放生鱼！"小宝才破涕为笑，高高兴兴地把红鲤鱼捧往放生潭放生。红鲤鱼一入水，摇头摆尾异常兴奋，沿潭边来来回回游了三圈。然后，游到施小宝跟前，鱼身直立，点三下头作揖答谢后潜入深水。

星转斗移，日月如梭，转眼已过十年。施小宝长到13岁，传承家风，读书上进，敬老爱幼，十分懂事。路遇老人，总是"爷爷奶奶"地叫，不仅口甜，还上前帮忙提东西，是个人见人爱的好孩子。

这天，施小宝路过放生潭，老远看见有一群十岁上下的小朋友在玩耍。突然，听到"有人落水了"的呼叫声。施小宝奋力奔跑至潭边，但见一小孩在潭水中挣扎，即将下沉。施小宝来不及多想，和衣跳入水中救人。无奈小宝泳技欠缺，人小力薄，两人处在性命垂危之中。岸上小孩虽多，均无力救助，吓得嚎啕大哭。

突然，水中冒出一位红衣姑娘，双脚踩水，一手一个把两孩子托举上岸，进行施救。待两小孩吐出大量清水，生命无碍时，红衣姑娘早已不知去向。

这事被传得纷纷扬扬，方圆十里的人们都知道红衣姑娘救人的奇事。人们猜测红衣姑娘是过路之人意外救人的，也有描述红衣姑娘是施小宝放生的红鲤鱼变的，为感恩而救人。反正无论是哪种情况，百姓相信定有仙姑相助。于是，就将放生潭改称仙姑潭。善男信女又发起募捐，在仙姑潭上面修建了一座仙姑殿，供奉仙姑娘娘，早晚膜拜，善求必应，香火不断。

（蒋英富）

桥头殿

　　古老的盘溪流经廿三里段，分别架有三座桥，即盘溪桥、盘溪老桥、盘溪新桥，这三座桥的存在极大地便利了廿三里居民的通行。盘溪新桥是20世纪40年代用钢筋混凝土建筑的，因而，老百姓称"洋桥"。桥头地势开阔，曾经是廿三里集市交易的最繁华处，人们叫"洋桥头"。古时，此地曾因"三桥一殿"而盛名。特别是"桥头殿"，虽然殿址改变多年，但桥头殿的故事却流传至今。

　　桥头殿地处经商闹市，供奉的是关羽、关平、周仓群塑。关羽是武财神。泥菩萨相当灵验，每逢初一、十五，不仅善男信女顶礼膜拜，廿

桥头殿遗址
摄影/金福根

三里老街店面的老板也接踵前往焚香点蜡，逢年过节更是殷诚地备办猪头、全鹅供请财神，默默祷告，祈求财源广进，生意兴隆。后来，手摇拨浪鼓、敲糖换鸡毛的货郎，在外出起程前也择日前往桥头殿请神，保佑自己一路平安，生意顺顺当当。敲糖人满载而归时，也定会去桥头殿还愿，保佑下趟生意取得更大效益。

久而久之，桥头殿成了人们心目中的摇钱树、聚宝盆。桥头殿名声越来越大，越传越响，不知是什么时候起，竟然传出了"桥头殿有宝藏"的奇闻。

"宝藏"是多么悦耳的词语，是人们梦寐以求的财物。俗话说"铜钱银子白的，眼睛乌珠黑的"。由此，引发许多不明真相的人到殿内寻宝。接着又发展到十里八乡的百姓在桥头殿四周挖宝。寻宝消息不胫而走，一传十十传百，传到外县，传往外省。当时，民间有"徽州佬得宝"的传言，所说徽州人脑子活、本领大、善经商。果然，在廿三里开店的两个徽州商人，也加入到寻宝队伍。人们的希望寄托在这两人身上，愿他们能寻着宝藏，大家共享。于是自觉建立协助组织，每日派人跟随徽州商人寻宝，他们指点哪里就挖到哪里。然而，花费无数人力物力，宝贝却一无所获。

更有奇传，太平天国败退的兵将途经廿三里，也获知了"桥头殿宝藏"的信息，贪欲让他们冒着被追兵消灭的危险，决定暂时留驻一支队伍寻宝。太平军进殿捣鼓来捣鼓去，认认真真一番搜寻，最终连宝贝影子都没见着，只得灰溜溜地撤走了。

20世纪60年代后期，在国家"备战备荒为人民""深挖洞、广积粮、不称霸"战略思想指引下，各地掀起修建防空洞运动。桥头殿内也挖过防空洞。挖洞工程从殿内开始一直挖到附近的空心大樟树，人进入桥头殿内地道可以从树腹这天然的安全出口出去，设计实在巧妙。

桥头殿寻宝的故事告诉我们，勤劳才能致富，不劳而获，欲得外财，最终都会成为泡影。

（蒋英富）

元帝庙

走进廿三里老街，可以看到中街朝东的店面排房中间有一座"元帝庙"，前门两侧的石立框上均刻有"元帝廟"字样，可惜两"廟"字在"破四旧"时被凿毁。再往东三十步许，还有一座新的元帝庙，庙宇规模不大，但庙貌整洁，塑像光鲜。老街里为何有两处"元帝庙"呢？

廿三里元帝庙，又名神中殿，原址廿三里中街，供奉的是元天上帝。庙宇始建于清康熙五十五年（1716），历史悠久，香火旺盛。在位于廿三里老街最繁华的中间地段建庙，可见当时百姓对神像信仰和崇拜的程度无与伦比。

廿三里老街的元帝庙，是十里八乡内保存较为完整的庙宇之一。元帝庙建在连排的木结构店面房中间，善男信女接踵而至，焚香点蜡烧纸不断，存在很大的消防安全隐患。由于部分建筑毁于"文化大革命"期间，庙宇破烂，年久失修，广大善男信女要求重建庙宇、重塑金身。理事会十分努力，广泛开展向社会募捐活动，得到广大民间人士的积极支持。善男信女踊跃捐款捐物，庙宇迁建顺利竣工，塑像于甲申年（2004）九月十四日登位，九月十九日开光。老人们说，这次开光是新庙的第二次扩建。

相传元天上帝（又称真武大帝）是太上老君第八十二化身，托生于大罗境上无欲天宫，净乐国王善胜皇后之子。皇后梦而吞日，觉而怀孕，经一十四月及四百余辰，降诞于王宫净乐宫。后既长成，遂舍家辞父母，入武当山修道，历四十二年功成果满，白日升天。玉皇有诏，封为太玄，镇于北方。中国民间尊称玄天上帝、玄帝、玄帝公、元天上帝等。

元天上帝的形象非常威武，其身长百尺，披散着头发，金锁甲胄，脚下踏着五色灵龟，按剑而立，眼如电光，身边侍立着龟蛇二将及记录

元帝庙
摄影/吴贵明

三界功过善恶的金童玉女。现在湖北武当山供奉的主神就是民间称元帝的真武大帝。

据义乌市志载："元帝庙祀真武大帝，也名玄武大帝。其像披发、黑衣、仗剑、踏龟蛇，从者执黑旗。清康熙十六年（1677），知县辛国隆把庙建在县治东北150步永平寺前右，后塌。清嘉庆时尚存两座，一在县署内，一在卿云门。今废。"可见清朝时期，百姓十分信奉真武大帝，依仗驱魔降妖，护佑平安，祭祀非常时兴。

义乌除了县城两座元帝庙外，有的乡村也修建有元帝庙。廿三里老街的元帝庙是保存较为完整的一座。随着廿三里老街的修缮开发，中街元帝庙必将与廿三里老街一道成为人们观赏的名胜古迹。

（蒋英富）

乾隆赞金桥

廿三里发展日新月异，区域面积不断扩大，地势平整，马路宽直。可在远古时代，廿三里却是水潭遍布，沟壑纵横，桥梁是方便交通的唯一途径。现今廿三里社区中心卫生院所处之地，原有一座建筑宏伟、用料考究、结构严密的石桥，叫"金桥"，在当时很有观赏价值，名闻遐迩。

相传古时廿三里老街商铺林立，生意兴隆，稠城、苏溪、吴宁方圆百里的老百姓手提肩挑商品赶来交易，老街挤得水泄不通。手工艺品、农副产品琳琅满目，叫卖声、讨价还价声此起彼伏。街市繁荣了，百姓普遍反映进廿三里的道路不太方便。特别是往北方向，通往苏溪的必经之路沟渠挡道。虽然不时有行善修德之人捐助，以松木搭建便桥，然日晒雨淋，霉蛀腐烂，行人车马极不安全。

廿三里老街有位朱姓经商者深思熟虑，发起了修桥铺路的募捐活动。老街两旁上百店铺商人积极响应，几天时间就募集了上千两银子，请了绍兴一位自称是鲁班后人的专业造桥工匠鲁师傅。石料就近取里忠石宕山的青石。鲁师傅对建桥要求非常严谨，不光桥梁设计精美，对石材的挑选、加工更是严格。桥梁、桥柱、桥板用料一律要精凿细磨，光洁平整，安装构件严丝合缝，不错分毫。桥面上还架设了雕梁画柱的木质桥廊，全用金漆装饰。一年后，一座金碧辉煌的拱形月桥横卧溪河之上。人们欢欣鼓舞，自发庆祝桥梁竣工。因桥廊通体金色，被人们称为"金桥"。

再说清朝乾隆皇帝文韬武略过人，他尤喜微服私访，名曰体察民情，实是出宫旅游，名胜古迹无处不至。身边带的高官、侍卫也都是文才绝顶，武功高强之辈。义乌是武圣金台故乡。乾隆闻其名，挑选侍卫点名要义乌金台拳高手。

经过层层选拔，确有一名义乌籍的武举人成为乾隆的贴身侍卫。乾隆十分喜欢义乌籍侍卫的忠勇，每回出游，都让他跟随，寸步不离。但是，义乌籍侍卫也有缺陷。乾隆讲的话他听得很懂，遵旨雷厉风行，立竿见影。而他讲话可是浓重的义乌腔，乾隆怎么也听不懂，只得让身边的文官翻译。

有一次，乾隆皇帝下江南，一路游山玩水来到七浬垅严子陵钓台，玩得尽兴，见侍卫忠实地守卫着他，突然想到侍卫的家乡是义乌，于是问："你是义乌哪里人？"侍卫赶紧叩手奏道："廿三里上社！"此时，文官刚好不在乾隆身边。乾隆暗想："义乌这样长的蛇都有？二十三里长？"乾隆接着又问："你家乡最有名的古迹是什么？"侍卫不假思索地奏道："金桥！"这次乾隆听清楚了，但他还是觉得奇怪，暗忖："金造的桥未免太奢侈，有越规嫌疑，要查访一下，看地方官是怎么花钱的？"于是乾隆下旨："往义乌出发！"侍卫人等齐声应答："遵旨！"

君臣沿官道一路悠哉游哉来到义乌地面，头晚下榻八里桥头驿站。乾隆记挂着义乌的奇闻，也睡不好觉。第二天早早起床，胡乱用了餐，急急催人上路。君臣骑上驿站备好的马，快马加鞭赶路，一个时辰后，乾隆来到廿三里，急问："哪里是廿三里长蛇？"侍卫道："这里就是廿三里上社，小臣之老家！"旁边文臣翻译了侍卫义乌官话。"啊！原来是地名，真是莫名其妙。"乾隆大跌眼镜。不过他没有发作。乾隆看到沿途田野农人在忙于耕种，一片丰收景象。村内妇女在纺纱织布，小孩在学堂专心读书习字，一派勤耕好学淳朴民风。乾隆心里暗暗高兴，这就是自己治下的太平盛世啊！

接着，乾隆由群臣陪同细细查看了金桥，发现廊桥是由青石、木头建造的，工艺水平堪称一流，且桥廊统体金色，不禁脱口而呼："金桥靓丽非同一般，此来义乌，不虚一行！"自此以后，乾隆金口赞誉的金桥名声更大，方圆百里前来廿三里观瞻金桥的人络绎不绝。星转斗移，历经磨难，金桥消失于历史长河中。然而，金桥的故事却流传至今。

（蒋英富）

银装素裹
摄影/季建武

后记

后 记

　　为了进一步保护和弘扬义乌廿三里的历史文化，让更多的人能从廿三里老街的历史变迁故事中汲取文脉营养，把老街打造成为廿三里人文化记忆和乡愁根脉的地标，我们于去年下半年开始筹划编撰《廿三里老街》一书的相关事宜，开启了一段廿三里老街的寻访之旅。

　　本书编撰的目的，旨在较短的篇目中勾勒出廿三里村的历史源流，商海沉浮、杰出人物、古建遗韵、风物民俗、民间故事和现代发展，让人们了解廿三里，并从一个个细节中认识和品味这片寻常但不平凡的土地，及其背后鲜为人知的人文传统和精彩故事。

　　从2020年8月开始，我们会同街道、村先后多次召开商讨会，之后，由具体筹划进入组织采访和分头创作，历时半年，义乌的作家们深入当地调查寻访，收集整理了大量信息资料，从中遴选取舍，精心架构，反复斟酌，不断修改，几易其稿，在尊重历史现实的基础上，真实反映廿三里的历史文化，古韵留存和传统基因，全面休现廿三里人民经商创业、勇于拼搏和思变创新的精神传承，这本书可谓是廿三里村的变迁史、发展史，是中国城市化进程中众多变迁村庄的缩影。我们期望廿三里老街在乡村振兴的新时代，涅槃重生，留住文脉，焕发出新的光芒、新的色彩、新的亮丽；更热切期盼生活在廿三里老街的人们，在义乌这座充满激情和活力的国际商贸城中，勇立潮头、创新创业，成为新的商圈、新的高地、新的坐标！

　　本书的编撰，得到了廿三里街道和廿三里村领导的高度重视，并予以了大力支持。浙江省农办原副巡视员、廿三里街道乡贤会名誉会长骆建华先生数次奔波于杭州和廿三里老家，并亲自筹划、组稿、撰写序言和相关文稿，为故乡廿三里的发展倾注了极大的热情和关切，我们深受感动；金华市委政策研究室（农办）原副主任、正县级调研员、诗人作家徐进科全程参与了筹划和本书的策划、编撰，并对全书进行了认真审读统稿；同时也得到义乌市作家协会的通力协作和鼎力支持，何恃坚、潘爱娟亲自带队采风，细致审读全书纲目，提出了具体修改意见，并执笔采写了相关篇章；本地作家全程参与采访撰写，付出了艰辛努力和心血；本地文化人士审读初稿后，提出了很好的修改完善建议；金福根为本书提供了珍贵的史料图片，使本书图文并茂，表达更精准，装帧更亮丽；还有许多廿三里的乡贤，都为本书的编撰和廿三里文化的传承做出了积极贡献。

编撰一本介绍地方文化历史的书籍，是一项繁杂而专业的文化工程。对此，我们深知仍缺乏足够的经验和学识，错漏之处，实在难免，敬请各方人士教正见谅。

编　者

2021年1月1日